ISABELLE ALONSO

Fille de réfugiés politiques espagnols, Isabelle Alonso publie son premier essai en 1995, *Et encore, je m'retiens !* (Robert Laffont), qu'elle a adapté récemment pour le théâtre dans un « one woman show ». Romancière, elle a publié aux Éditions Héloïse d'Ormesson *L'Exil est mon pays* (2006) et *Fille de rouge* (2009). En 2010, elle livre un texte bouleversant sur le décès de sa mère : *Maman*. En 2012, sept ans après sa publication initiale, elle reprend son premier roman, comédie désopilante sur les rapports femme-homme, *Roman à l'eau de bleu* (Éditions Héloïse d'Ormesson).
Écrivain engagée, elle a signé une série d'essais sur la condition féminine parus chez Robert Laffont : *Tous les hommes sont égaux… même les femmes* (1999), *Pourquoi je suis chienne de garde* (2001), *…même pas mâle !* (2008), et chez Plon : *Sexe : pourquoi on ment* (2011).

Retrouvez toute l'actualité d'Isabelle Alonso sur :
www.isabelle-alonso.com

MAMAN.

DU MÊME AUTEUR
CHEZ POCKET

Fille de rouge
L'Exil est mon pays
Filigrane
Roman à l'eau de bleu
Maman

ISABELLE ALONSO

MAMAN.

ÉDITIONS HÉLOÏSE D'ORMESSON

Le papier de cet ouvrage est composé de fibres naturelles, renouvelables, recyclables et fabriquées à partir de bois provenant de forêts plantées et cultivées durablement pour la fabrication du papier.

ISBN : 978-2-226-21998-3

Ce roman est dédié aux octogénaires,
ainsi qu'à celles et ceux qui en prennent soin.

Ce matin j'ai tapé « maman est morte » sur Google. En un dixième de seconde, le moteur de recherche affiche un million trois cent mille réponses. Sort commun, banalité presque rassurante. Et alors ? Alors rien. On se sent moins seule ? Même pas. Ce n'est pas seule que je me sens. C'est malade. Comme dans la chanson de Lama, « Comme quand ma mère sortait le soir et qu'elle me laissait seul avec mon désespoir… ». Pour sortir, elle est sortie. Définitivement. Mais ça reste une abstraction. Je sais qu'elle n'était pas là à Noël, ni au jour de l'an. Ni à l'anniversaire de papa. Je sais que je ne l'ai pas eue au téléphone depuis des mois maintenant, alors que je l'appelais tous les jours. Elle n'a pas donné signe de vie, comme on dit. Mais je reste sur une sorte de qui-vive. Le téléphone va sonner, il y aura sa voix qui dira quelque chose comme : « Allô, la *cotorrita*, la petite cafteuse ? Demande à Gus de décrocher, il faut que je lui parle. » Elle sait que je filtre les appels, elle a pris l'habitude de s'annoncer. Je l'imagine parfaitement sur son fauteuil, je connais sa position, tête légèrement penchée, jambes croisées, attendant, souriante, un peu anxieuse. Et si sa fille n'était pas là ? Je suis là, maman, je suis là. Elle me raconte une insignifiance de sa vie : « Tu sais ce qu'il m'a encore fait, ton père ? » Je ne sais pas mais je me doute. « Il a acheté cinq kilos de côtes de porc chez Leclerc ! Cinq kilos ! Il est tout content, il les a eues à moitié prix parce qu'elles seront périmées demain ! Qu'est-ce que tu veux faire avec cinq kilos de porc quasi avarié ? Je n'en peux plus de cet homme ! Il ne comprendra jamais que de la crotte en solde, c'est toujours de la crotte ! » Je sais, maman, je sais qu'hier il a rapporté un bocal géant de citrons confits, de quoi préparer pour cinq mille personnes minimum un tajine d'agneau dont ni lui ni personne ne connaît la recette. « Quand il pilote un chariot, la boussole de ton père c'est les autocollants fluo. Si ça hurle "offre spéciale" en vert acide ou "promo exceptionnelle" en orange qui pique, il ne peut pas résister. « *¡ Burro grande, onde o no ande !* Plus c'est gros, plus c'est beau ! Tous les fonds de stocks finissent dans ma cuisine ! Ton père a toujours été un redoutable homme d'affaires, c'est bien connu… » Une conversation avec ma mère ressemble à une descente en toboggan, il suffit de laisser aller, ça glisse tout seul. Elle fait les questions, les réponses, les commentaires, le *best of* et l'*after*. J'agrémente le monologue d'un signe d'étonnement, d'assentiment, ou d'un éclat de rire, histoire de montrer que je reste connectée. Et cela suffit. Quand je voyage, quel que soit le décalage horaire, je m'arrange pour lui passer un coup de fil, ce fil qui tisse bien serré le lien familial. Aucun de nous quatre, ni ma sœur Rémi, ni mes frères Gonzalo et Rodrigo, ni moi, Gus, n'y faillons un seul jour. À l'espagnole. Ce n'est pas du fil, c'est du cordon. Ombilical.

Illuminer ses journées semblait si simple. Je me donnais les gants de considérer que je lui apportais la lumière. Et me voilà dans le noir. La lumière ne venait pas de moi. La lumière, c'est quand elle s'éteint qu'on en prend conscience. Et la lumière, c'était elle.

Le 15 décembre, en fin d'après-midi, son cœur a cessé de battre. La vie finit comme ça, on le sait. On croit le savoir. Des morts, on en a vu des centaines. Mais à l'écran seulement. À commencer par celles des héros de cartoons, Bugs Bunny, Grosminet, le Coyote, Woody Woodpecker ou le diable de Tasmanie, qui tombent des falaises, s'écrasent sous des enclumes ou se prennent un bâton de dynamite dans les gencives pour renaître instantanément. Les Indiens dans les westerns, fauchés en plein galop par la balle du cow-boy ou la flèche du rival. Les gangsters de Chicago, descendus par une rafale de mitraillette pendant que les Incorruptibles bouclent le quartier. L'aïeul agonisant dans son lit, entouré des siens, qui dans son dernier souffle exprime une pensée profonde avant que son regard se fige et que le fils aîné lui ferme les yeux. Un jour, ça se passera comme ça, au bon moment, existence accomplie, famille réunie, en ayant tout dit, sans autre regret que le manque à venir. Mais dans la vraie mort, rien ne répond aux codes de la littérature et du cinéma, les seuls dont on dispose.

« *Vida mia…* » Une de ses formules pour s'adresser à nous. *Vida mia.* Ma vie. Ça résonne différemment aujourd'hui. Nous voilà déconnectés de ce que nous avons toujours été. Un nouvel exil, loin de la mère partie.

Le déni, ça existe, je le sais. J'ai toujours pensé que ce type de cécité était pour les autres, comme la maladie, les accidents et le malheur en général. Moi, je passe entre les gouttes. Je n'ai pas peur de regarder la vérité en face. Je connais, je contrôle. Je prends la vie comme elle vient. La vie, peut-être. Mais la mort ?

Myocarde

Été 2003

On ne peut pas dire que la camarde est arrivée par surprise, au contraire. Pendant six ans, elle a klaxonné, actionné gyrophare et sirène. Le compte à rebours a commencé le 16 août, lendemain de son anniversaire. Mais ce compte à rebours là ne place le départ sur aucun curseur : on sait où on va, mais on ignore où on en est. Comme si l'on prenait la route pour la côte pacifique des États-Unis sans savoir si on est parti de New York ou de Las Vegas, si on en a pour trois semaines ou trois jours. On finit par penser qu'on a le temps, encore un peu, encore assez. On roule sur la réserve, lumignon jaune allumé, on se dit qu'on tiendra bien jusqu'à la prochaine station-service. En attendant de voir la mer.

L'été de la canicule, des milliers de vieux tombaient de chaleur. Dans la campagne de Seine-et-Marne, ça n'avait aucune réalité. Maman s'amusait des mises en garde médiatiques. Dès le mois de juin, elle persiflait : « Décidément, les Français et la chaleur ! Trois jours sans pluie et ils s'affolent ! Parlent de sécheresse, carrément ! Mais en Andalousie, deux ans de suite sans une goutte de pluie, ça s'est vu ! *¡ Me rio tres kilos !* Laissez-moi rire ! » En juillet, il avait plu, la température avait chuté. « Ah ! ils vont être contents ! Un été bien frisquet, comme ils les aiment ! » En août, il s'était mis à faire extrêmement chaud, maman ne se moquait plus, elle se réjouissait : « Enfin un été digne de ce nom ! » Elle jubilait d'autant plus que tous ses enfants l'entouraient. Rodrigo, l'aîné, devait partir mais il reviendrait bientôt. Pour elle, des vacances idéales.

L'ombre du saule où nous prenions nos repas, le bruissement de la rivière et les clapotis de l'étang, la vieille bâtisse aux murs d'une épaisseur médiévale préservaient une fraîcheur de cave. Du moins je le croyais. Je n'avais pas eu la curiosité de monter au premier où dormait maman. Il y régnait une ambiance de four. Elle ne s'était pas plainte. Un matin, elle était allée se promener jusqu'au fond du jardin.

— J'ai eu du mal à revenir, j'étais tellement essoufflée que je n'arrivais plus à avancer. Je t'assure que si mon médecin ne m'avait pas dit, la dernière fois, que j'ai un cœur de jeune fille, je me serais fait du souci…

— Mais maman, tu ne peux pas rester tranquille cinq minutes ? Surtout le jour de ton anniversaire ! On va quand même pas manger le gâteau sans toi !

— Il n'en est pas question !

— Tu veux un verre d'eau ?

— Avec plaisir, mais sers-moi aussi un Martiniki bien frais, que je reprenne mes esprits !

Maman s'installe à table, à sa place, en présidente. Nous déjeunons, comme d'habitude, de gaspacho, de melon au jambon, ou de tomate-mozzarella, correctement arrosés de ce qui fait le charme des étés contemplatifs. Nous ne nous cassons pas la tête. Ce soir, nous ferons des efforts, pour elle.

Le lendemain matin, maman ne se sent pas bien. Elle a passé une mauvaise nuit. Elle a mal au dos. Je n'éprouve pas la moindre inquiétude. Maman a toujours eu une santé de fer, n'a mis les pieds à l'hôpital que pour accoucher et pour quelques fausses alertes trop récentes pour avoir altéré son image. Rien ne peut lui arriver. Dans la cuisine, ça s'affaire, on prépare l'apéro. Les vacances touchent à leur fin, j'ai horreur de ça, la rentrée qui s'annonce, les jours qui raccourcissent, le retour au bercail. Une coupe me fera du bien. C'est seulement sur l'insistance des invités que je finis par appeler le médecin de garde. Un répondeur me réoriente vers les pompiers. Va pour le 18. Une voix féminine me pose des questions alors que, le combiné entre ma joue et mon épaule, je tranche de la saucisse sèche archisèche comme une chaussette d'archiduchesse.

— L'âge de votre maman, ses antécédents, je vous envoie une ambulance.

— Une ambulance ? Comme vous y allez ! Non, ce n'est pas à ce point-là, elle est seulement fatiguée…

— Permettez-moi d'insister, je vous envoie les pompiers, il y aura un médecin, ils vont vérifier.

Je lève les yeux au ciel.

— OK, envoyez, on leur offrira un petit verre…

Comme moi, Gonzalo et Rémi trouvent qu'ils attigent, les urgentistes. À peine le temps d'informer maman, d'ouvrir le portail, et la camionnette rouge fait crisser le gravier. Ils n'attendaient que notre coup de fil ou quoi ? Nous blaguons, leur demandons s'ils s'ennuient, s'ils n'ont rien d'autre à faire. Ils sourient, étendent maman sur le canapé, posent des questions, prennent sa tension, son pouls. Cent cinquante-deux.

— C'est beaucoup ?

— C'est beaucoup, oui, mais rien de grave, ne vous inquiétez pas.

Je ne m'inquiète pas du tout. Maman a toujours su prendre l'air serein, et avec ses enfants, ça marche. Les musclés annoncent qu'ils l'emmènent à l'hôpital de Montereau.

— Vous êtes sûrs que c'est nécessaire ?

Oui, ils sont sûrs, ils commencent à emballer la supposée malade dans une civière, façon papillote. Elle n'a pas l'air enchantée. Je tente de lui éviter l'hosto, je négocie :

— Nous irons consulter lundi, ça suffira, non ?

— Non, non, principe de précaution, elle vient avec nous, vous pouvez nous suivre en voiture.

À deux doigts d'enclencher une polémique sur le principe en question, nous préférons céder. Plus vite on y va, plus vite on en revient, c'est juste une formalité. Rémi assure qu'elle assure, tout sera prêt tout à l'heure, quand nous la ramènerons à la maison. Je prends mes clés, j'embarque Gonzalo.

— À tout de suite ! Mettez le champ' dans la glace !

Nous fredonnons dans la voiture. Je colle à la fourgonnette rouge qui clignote jaune sans un bruit et ne grille pas les feux, preuve que tout baigne…

L'ambulance entre presque dans le bâtiment, un ballet parfaitement contrôlé s'enclenche. Maman, toujours emballée comme une croquette, est roulée avec précaution sur les quelques mètres qui la séparent des urgences. On nous autorise à la suivre. Elle est immédiatement prise en charge, jaugée sous toutes les coutures. Tuyaux, branchements, moniteur, garrot, aiguilles s'agitent autour d'elle, comme dans les films, il ne manque que la musique. Et les médecins annoncent qu'ils la gardent, maman, pour la bonne raison qu'elle est en train de « faire un infarctus », qui a commencé voici deux jours, ou hier, on ne sait pas. Infarctus, je connais le mot, mais au diable si je sais ce que ça veut dire…

Je voyais ça comme une rupture de digue, une crise subite, un truc qui pète quelque part dans le cœur et couic, fini, rideau. Ça semble au contraire tenir du processus, de l'évolutif, du progressif. Un infarctus ça n'arrive pas, ça se confectionne. Une femme, stéthoscope autour du cou, m'informe que l'hôpital n'est pas équipé, qu'il faut poser un stent et qu'à Melun ils sont hypercompétents dans ce domaine. Les glaçons se déplacent du seau à champagne vers mon plexus. L'apéro s'éloigne comme une vision de paradis. Stent ? Dans le cœur ? Je revois la scène d'ouverture d'*All That Jazz*, de Bob Fosse, opération à cœur ouvert, écarteurs, le poitrail en deux comme une pastèque explosée, ça va pas, non ? Vous avez vu ma mère comme elle est toute petite ? Y a pas la place de lui ouvrir quoi que ce soit ! Pas question ! La doctoresse sourit, non, non, ça ne se fait plus ce genre de chose, on n'ouvre plus, on incise l'aine, on pose dans l'artère une minuscule spirale qui s'ouvre quand elle arrive dans le cœur, écarte les parois, résorbe l'infarctus et voilà votre maman repartie pour des années… Je crois entendre un garagiste me parler d'un joint de culasse ou d'une durite. C'est ma mère, nom de Dieu, faut pas me la réparer, faut la soigner, avec respect, doigté, délicatesse, pas me la rapiécer comme une mécanique d'occasion. Et puis Melun, c'est hors de question, je me souviens du classement du *Point*, Melun c'était un énorme *no-no*, faut pas y aller, les nosocomiales guettent en batterie, alignées derrière les portes coulissantes, collées aux murs, fondues dans la moquette, prêtes à bondir, et après il faut te couper la jambe ou tu meurs infectée jusqu'aux oreilles… Non, il ne s'agit pas de l'hôpital, mais d'une clinique hyperpointue, ils maîtrisent cette technologie, je vous assure, c'est la meilleure solution, j'ai demandé une ambulance, il y en a pour une demi-heure de transport, pas une seconde à perdre. Vous l'accompagnez ? Elle plaisante ou quoi ? Hors de question de la laisser seule, on monte avec elle dans l'ambulance. Non. C'est exclu par la procédure, mais vous pouvez la rejoindre là-bas. Je vous donne l'adresse.

Concertation. Nous appelons la maison. Rémi tient à venir. Nous rentrons, je change de partenaire. Ma sœur et moi repartons vers Melun. La journée a changé de couleur. La circulation est placide en ce week-end du 15 août. La forêt de Fontainebleau exhibe sa splendeur de fin d'été, ses superbes routes bien entretenues, avec une impeccable signalisation horizontale et des panneaux attention aux cervidés. Un environnement tellement maîtrisé que je me sens rassurée. Tout est prévu. J'aime conduire, j'adore ma voiture, j'ai décapoté depuis plusieurs semaines. Il suffit de suivre les pointillés et tout ira bien. Je balance María Dolores Pradera à fond, peut-être que maman l'entendra. « *Corcho con corcho, caña con caña, que tú eres la reina de mis entrañas…* »

Tu parles d'un anniversaire, maman. Comme d'habitude à cette époque de l'année, j'essaye de t'imaginer à ta naissance, là-bas, à Peñarroya. Les jeux de soleil et d'ombre, la blancheur des rues, la pénombre fraîche de carrelage et de chaux, Yaya qui accouche à la maison, les femmes qui s'affairent, les hommes qui attendent, les enfants qui jouent aux billes ou aux osselets, la procession qui déambule, c'est la fête de la Santísima Virgen et pendant tes toutes premières années tu croiras que cette ferveur t'est exclusivement destinée… Parcours contrasté, de l'Andalousie à l'Île-de-France, de la piété obligatoire à la libre pensée…

En arrivant à Melun, je prends conscience que ma sœur et moi n'avons pas échangé un mot. Du jamais-vu. Comme quand les oiseaux s'arrêtent de chanter avant un séisme. À la clinique, ils ont été prévenus, tout s'enclenche sans attente. Je m'occupe de la paperasserie, je note la précision du vocabulaire : maman est à cent pour cent. Paradoxal en ces circonstances ! Sa mutuelle lui offre des prestations dignes d'un Club Med, j'approuve, bravo, mais la dame ne rigole pas, elle empile, elle classe, elle trombone, une ruche à elle toute seule. Je prends la mine de la fille responsable qui comprend ce qui se passe. J'ai toutes les cartes, les certificats et les attestations qui ne vont pas manquer d'amener sur son faciès une sérénité de scribouillarde satisfaite. Dossier complet. Ouf. Merci maman. Tu as toujours tenu les papiers de tout le monde, avec cette minutie propre aux saute-frontières qui savent qu'on ne leur fera pas de cadeau, jamais, et que « les papiers », tous les papiers, d'identité, de santé, de scolarité, ont une importance aussi vitale que la carte du même nom. La carte Vitale, la verte, la moche, qu'elle déteste. Quand elle l'a reçue, il lui a sauté aux yeux que, sous son nom, le numéro de Sécu commençait par le chiffre un, c'était celui de mon père. « Tu te rends compte ? À croire que je n'existe pas ! Je suis un appendice de ton père ! On aura tout vu ! »

Pendant que j'inscrivais maman dans les méandres administratifs de la clinique, ils l'ont embarquée dans les profondeurs interdites du bloc opératoire. On nous conseille de revenir demain : le temps qu'elle se réveille, il sera trop tard pour les visites. Nous prolongeons la conversation avec le médecin et l'infirmière, pour marquer leur esprit, bien montrer que cette dame n'est pas toute seule. Pathétique petite stratégie au moment de l'abandonner à des mains inconnues. Nous voulons tout savoir. Nous notons tous les renseignements, les numéros de téléphone. L'équipe se veut rassurante :

— Il est trop tôt pour se prononcer, mais dès demain nous vous dirons si le pronostic vital est engagé.

Il plaisante ? Ça veut dire qu'elle pourrait y rester ? Quelqu'un d'autre peut-être. Maman, je ne crois pas. Elle n'est jamais morte jusqu'à présent, ce n'est pas aujourd'hui qu'elle va commencer.

La nuit tombe sur la nationale. Nous appelons la maison, donnons les dernières infos. Ils ont prévenu Rodrigo, dans le Sud avec sa copine. Il va revenir. Comme ça, nous serons tous là. C'est seulement à ce moment-là que je sens les larmes monter. Je m'efforce de les retenir. Je n'ai pas besoin de regarder Rémi pour savoir qu'elle en fait autant. J'ai compris qu'on perd sa mère quand maman a perdu la sienne. J'avais cinq ans, j'ai su qu'un jour ce serait mon tour. Que ma mère à moi mourrait aussi. J'en ai conçu une terreur qui ne m'a jamais quittée, mais qui n'a aucune réalité. L'idée m'anéantit, mais reste une idée. Je fais partie d'une génération élevée par des parents qui ont vécu une guerre et vu la mort à l'état brut. Pas la mort fictive des films. Pas la mort apprêtée des temps de paix. Celle des cadavres déchiquetés en pleine rue, avec le sang, l'odeur, la douleur animale des survivants et les hurlements des blessés. Rien de surprenant à ce que ma mère ait mis un soin particulier à construire entre la fatalité et ses enfants un mur étanche. Il serait bien assez tôt, un jour, le plus tard possible, pour les confronter à l'inéluctable. La mort est entrée dans ma vie en catimini, au gré de rares disparitions, sans que jamais nous ayons approché de près le corps ou les rites. Un grand-oncle, quand j'étais adolescente, avait passé l'arme à gauche à notre retour de vacances. Cet hypocondriaque qui accablait son entourage de perpétuelles alertes fut emporté en quatre semaines par un cancer foudroyant sans que personne l'ait pris au sérieux. « Soixante ans, c'est jeune pour mourir », avait commenté mon père, et il me sembla qu'à cet âge canonique, on a largement fait son temps. Les précautions dont ma mère entourait tout événement funèbre avaient fini par avoir un effet contraire à celui qu'elle escomptait. À mes yeux, un tel mystère ne pouvait dissimuler qu'une horreur insoutenable. Il me fallait retarder au maximum la première confrontation.

Rasta

Le premier corps que j'ai touché, caressé sans admettre que la vie l'avait quitté, était celui de Rasta, mon setter anglais de trois ans. J'avais atteint la trentaine, et j'aimais cette chienne. Avec elle, j'ai compris que les animaux sont des gens. Elle était fofolle, un gag sur pattes. Un chien pour dessin animé. Rebelle, facétieuse, amoureuse de tout ce qui vit. Un de mes collègues, chasseur, me l'avait offerte, parce que j'avais un jardin et qu'un jardin sans chien n'en est pas un. J'avais vite compris que le jardin n'était qu'un prétexte pour s'offrir un chien à lui-même sans avoir à s'en occuper.

Il avait insisté pour la faire dresser à rapporter le gibier et autres cruautés que j'abhorre. Devant mes réticences, il argumentait qu'il aurait été cruel de priver la pauvre petite de son activité la plus instinctive. J'avais fait taire ma répugnance davantage par courtoisie que par conviction, et m'étais résolue à confier Rasta au spécialiste que l'ami tueur avait sélectionné et avec qui il avait pris rendez-vous. J'y étais allée à reculons. Le dresseur prenait les choses très au sérieux, nous avait fait des compliments sur le pelage et la vivacité de la petite, et nous avait annoncé qu'il allait lui offrir le privilège de travailler avec un champion du monde ! Je ne savais même pas que ça existait, ce genre d'athlète. Si, si, ils font des parcours en temps limité, pistent, débusquent et rapportent lapins et bécasses, toute une série de performances qui font gagner des médailles et surgonflent la fierté des maîtres. « Dans quinze jours, elle prendra l'arrêt et obéira aux ordres ! » Sur ces paroles, il avait exhibé le champion en personne, Octavius, qui nous avait fait un petit défilé, regard blasé, poil lustré, truffe frémissante et démarche élastique. Une nervosité de pur-sang et l'expression de morgue satisfaite du connard qui se la pète. Un frimeur conscient de son statut. J'avais laissé Rasta aux bons soins du charmeur de toutous avec la culpabilité d'une mère abandonnant pour la première fois sa progéniture à une colonie de vacances. Mon collègue viandard se régalait d'avance, les perdreaux pouvaient numéroter leurs abattis, ça allait cartonner. Je l'aimais bien mais il me restait un brin opaque, le garçon. Deux semaines et elle serait de retour. Ça serait vite passé, mais je n'en menais pas large.

Vite passé, en effet. Trois jours plus tard, coup de fil excédé du dresseur.

— Venez chercher votre bête, je ne peux plus la garder. Elle est rétive. Et non seulement on ne peut rien en faire, mais elle corrompt Octavius, qui en est à prendre l'arrêt devant les papillons !

Indigné, l'instructeur. Il s'en s'étranglait.

— Oui, madame, devant les papillons ! Je n'ai jamais vu ça ! Et aussi devant les boutons d'or, les abeilles, n'importe quoi !

Contrairement à tous les usages, c'était le champion qui la suivait et non le contraire ! Il baguenaudait, virevoltait, faisait l'andouille, le joli cœur. N'avait pas résisté au charme ravageur de ma Lolita.

— Il faut la récupérer d'urgence !

— Pas de problème, j'arrive !

Je me précipitai ! Je n'avais jamais été aussi fière de ma vie ! Rasta était poète ! Bucolique ! Allergique à la chasse ! Ça c'était mon ti-chien-chien à moi ! Retrouvailles mémorables, après une demi-semaine. Elle m'avait sauté dessus en se tortillant d'exaltation, avait filé dans la voiture d'un air de dire déguerpissons avant qu'ils ne changent d'avis, je les ai gavés mais on ne sait jamais. D'accord, on se casse. Le dresseur ne voulut même pas être payé, juste nous voir déguerpir.

— Je t'adore, ma Rastaquouère ! Plus jamais tu ne quitteras la maison, c'est promis.

Pendant les deux ans qui suivirent, Rasta continua à prendre l'arrêt devant les géraniums, les moineaux, à grogner les limaces et fuir devant l'aspirateur et les buses d'arrosage. Elle aurait bien mangé les mégots, ça sent trop bon, mais avait appris à se tenir. Un soir de juin, seule dans le jardin, par peur de l'orage sans doute, du tonnerre plus exactement, elle était parvenue à s'échapper, à franchir la grille de trois mètres de haut. Elle avait dû paniquer à l'extrême pour quitter en pleine tempête sa niche douillette, sa couverture et ses jouets, os couineur en caoutchouc, peluche détruite, vieux pull aux relents évocateurs. Nous l'avions cherchée pendant des heures en pure perte, avions placardé des avis partout dans le quartier. Puis on nous l'avait amenée, morte. Renversée par une voiture. Sans blessure apparente. Raide, froide. Je l'avais regardée, caressée, son poil était encore beau. Je n'arrivais pas à concevoir qu'elle était là devant moi, et que l'étincelle l'avait quittée. Son corps intact, si souple, si rapide, si énergique, avait perdu l'impalpable mystère qui le mettait en mouvement. C'était incompréhensible. Elle ne respirait plus, ne bougeait plus, elle était devant moi et elle n'était pas là. Ma première morte. Un scandale.

Je l'avais touchée, je l'avais fixée sans comprendre, comme si mon regard pouvait la ranimer, je l'avais appelée en silence, comme si elle avait pu m'entendre. J'étais partie travailler en somnambule, avec mon tailleur printanier, mes escarpins, mon col blanc et un cœur de trois tonnes. Dans la voiture, j'avais pleuré sur mon chemisier et je m'en foutais si ça tachait. Plus tard, en réunion, un pingouin à costard m'avait complimentée sur ma bonne mine, mon sourire, ma fraîcheur. Imbécile. J'avais une tronche à faire peur.

Un cœur de jeune fille

Ce soir-là, en rentrant de Melun, je ne pense ni à Rasta ni à la mort, j'en suis incapable. Je me demande juste combien de temps ils vont garder maman.

Le portail s'ouvre. Assis autour du saule, ils attendent tous, l'air navré. Le projet d'apéro du matin semble appartenir à une autre vie. C'est cette autre vie, la vraie, qu'il convient de réveiller. Pour les enfants, pour les amis, et pour nous. Nous buvons, plaisantons. Yann, mon compagnon, se met au piano, joue doucement des airs mélancoliques. Il sera bien temps de pleurer tout à l'heure, dans la solitude de la salle de bains ou de la chambre.

Maman a parfaitement supporté l'opération. Un peu trop bien, même, nous raconte l'infirmière le lendemain. Ramenée de la salle de réanimation dans sa chambre à cinq heures du matin, elle est restée calme, un peu ensuquée pendant à peine un quart d'heure. Puis elle a décidé d'aller aux toilettes, s'est levée et, dans le mouvement, a arraché son goutte-à-goutte, son monitoring, sa sonde urinaire… Les alarmes ont retenti, l'équipe chirurgicale de garde qui dormait depuis moins d'une heure a sauté sur ses pieds, rallumé le bloc et rebranché ma mère… J'imagine la scène et je remercie la providence qui nous a mis sur le chemin d'un tel nid d'anges gardiens. Nous entrons dans la chambre sur la pointe des pieds. Maman est attachée au lit, elle a les yeux grands ouverts et sur le visage l'expression scandalisée qu'elle réserve d'habitude aux infos de massacres ou de répression.

— Ah ! Vous voilà enfin ! Sortez-moi d'ici ! Ils sont fous ! Regardez-moi ça ! Ils m'ont ligotée, vous vous rendez compte ? Je ne peux plus bouger ! Je veux partir !

— Oui, maman, nous nous rendons compte que tu as mis une pagaille sans nom, tu ne dois te lever sous aucun prétexte !

— On n'a pas le droit d'aller aux toilettes, c'est ça ?

— Maman, tu as une sonde…

Après quelques jours de visites quotidiennes, nous sommes tous épuisés par la tension et les trajets. Nous organisons un roulement, irons deux par deux, un jour sur deux, passer l'après-midi avec elle. Le jour sans, nous restons au frais autour de la piscine, amorphes, abrutis. C'est à qui se lancera dans la facétie aquatique la plus inédite pour faire comme si nous étions en vacances. Plongeon burlesque. Marche sur l'eau. Pyramide humaine. Rodrigo lance un concours d'apnée. Deux longueurs sous L'eau. Trois. Quatre. Allez, cinq ! Nous l'encourageons. À quatre et demie, il ralentit le mouvement, mais finit quand même sa longueur. Bravo ! Et de cinq ! On saute, on applaudit, on siffle ! Son cadet, Gurriato, excellent nageur, est le seul à remarquer que son père ne remonte pas, qu'il reste au fond.

— Il est en train de se noyer ! hurle-t-il.

Et il plonge.

Deux amis lui emboîtent le saut. Ils le sortent, le posent sur le bord. Il a bien failli y rester. En prime, je lui passe un savon :

— Quelle bonne idée ! Toi tu bats un record, et moi je vais annoncer à maman la mort de son fils chéri ! C'est vrai que ça peaufinerait le tableau !

Nous sommes d'accord pour opérer un total black-out sur le sujet. De la même façon que nous avons décidé de garder le silence sur le décès, à Madrid, après un interminable séjour à l'hôpital, de Gabino, un oncle par alliance que ma mère adorait.

Dès qu'elle est sortie des torpeurs postopératoires, maman s'est révélée piètre malade. Ni patiente, ni résignée, ni totalement consciente qu'elle vient de l'échapper belle, elle râle, demande quand elle pourra partir comme un enfant en voyage demande s'il est bientôt arrivé. Mais elle plaisante aussi, beaucoup, et finit par mettre tout le monde dans sa poche. Elle récolte des petites faveurs, des attentions minuscules qui la ravissent. Séduire reste son activité favorite, elle s'en donne à cœur joie. Nous ne lui disons rien de son véritable état de santé, et avons instamment demandé au personnel de la clinique de ne jamais prononcer devant elle le mot « infarctus ».

La durée du séjour à Melun n'est pas restée dans ma mémoire. J'ai le souvenir d'une éternité, alors que le dossier de l'hôpital fait état de quinze jours. La peur de sa mort est devenue une notion concrète, a gagné en consistance. Pourtant, le médecin est formel : certes, maman est désormais une grande cardiaque, mais pour peu qu'elle respecte quelques règles, elle ne court aucun risque particulier.

— Le cœur est une simple pompe, nous l'avons réamorcé. La voilà repartie pour des années, votre maman ! Un cœur de jeune fille, ajoute-t-il.

Merci docteur, celle-là, on nous l'a déjà faite.

Une ambulance la ramène à la maison un après-midi, remake symétrique de son départ. La grille s'ouvre, l'ambulance fait crisser le gravier, et elle descend par ses propres moyens, souriante et précautionneuse. Nous dînons sous le saule, comme s'il ne s'était rien passé depuis quinze jours. La nuit est claire, le vin léger et le menu sans sel pour tout le monde, pour qu'elle ne se sente pas isolée. Papa, plein de sollicitude, se penche vers elle :

— Au fait, tu sais, Gabino va très bien.

Elle le regarde, se tourne vers nous et demande :

— Il est mort, c'est ça ?

Ça ne pouvait pas louper. Malgré la teneur de l'info, nous éclatons de rire. Le défunt aurait fait pareil avec nous. Maman jette un regard noir à son mari, roi de la diplomatie.

Les ailes de Tita

Après Rasta, je n'ai côtoyé la mort de près qu'avec ma tante Harmonia, Tita. Qu'on ne s'offusque pas du rapprochement entre un animal et un humain : la mort ne hiérarchise pas, la douleur non plus, et le cœur pas davantage. Il ressent, et ça fait mal. Voilà tout.

Un soir de 1999, où je lui trouvais un petit air déprimé, j'ai promis à Tita que nous irions manger des huîtres au restaurant, avec un petit vin blanc. Ses yeux ont brillé, elle m'a souri comme une enfant. Il était tellement facile de lui faire plaisir. Mais le lendemain, papa l'a trouvée par terre, et elle a été hospitalisée dans l'heure. Tous les jours, nous sommes allés la voir. Tous les jours, le personnel nous demandait si nous étions ses enfants, et tous les jours ils avaient l'air déçus. Puis on lui a diagnostiqué un cancer des ovaires, le genre de truc qui fait mal rien que d'y penser. Mais on nous a expliqué qu'à son âge, même les tumeurs sont fatiguées et prolifèrent au ralenti. J'ai pensé que j'allais la ramener chez moi, pour qu'elle meure à la maison, avec nous, dans les murmures, les parfums et les airs familiers, dans les senteurs de ses plats préférés. Le personnel n'y voyait pas d'inconvénient, mais ils voulaient la garder encore quelques jours en observation, pour déterminer le traitement le plus adapté. Elle prenait son mal en patience, nous demandait de lui chanter des petits refrains qu'elle aimait et qui jetaient sa voisine de chambre dans la consternation. Un jour, Tita m'avait fait signe d'approcher et m'avait susurré à l'oreille :

— *¡ Pio, pio, pio !*

En oiseau français, on dirait cui, cui, cui. Je l'avais interrogée du regard, elle avait chuchoté :

— *No quiero que digan que me morí sin decir ni pio…*

Je ne veux pas qu'on puisse dire que je suis morte sans même faire cui-cui. L'expression n'existe pas en français. En Bourgogne, on dit de manière assez voisine : elle n'a fait ni ouf ni pouf. Recroquevillée sur son lit d'hôpital, elle pratiquait l'humour de la dernière chance, se moquait des bruits émis par sa voisine dont le comportement illustrait un autre dicton bourguignon : femme qui pète n'est pas morte.

— Tu es sûre que tu ne veux pas une chambre individuelle ?

— Oh, non, merci, sans façon, chambre individuelle ça veut seulement dire qu'on y meurt toute seule. Je n'ai jamais aimé la solitude. Si je pouvais choisir, je poserais mon lit au milieu de la Gran Vía, pour voir du monde… Mourir allongée à une terrasse de café, dans le *bullicio*, l'animation ! Mourir en pleine vie !

Un après-midi, j'étais arrivée avec Rémi et nous l'avions trouvée changée. Larguée. Sérieuse, elle qui avait le sourire si facile. Ma sœur était allée aux renseignements, j'étais restée. Elle me fixait, avait semblé me reconnaître. D'une voix blanche, elle avait articulé :

— Est-ce que je peux te poser une question ?

— Bien sûr, tu peux !

— Des enfants, j'en ai eu, moi ? J'ai eu des enfants ? Je n'arrive pas à me souvenir…

À l'arrière de mon crâne, ça s'était emballé. Accoucher, c'est le genre de chose qu'on n'oublie pas facilement… Mais mon visage, en tout cas je l'espère, souriait et c'est guillerette que je lui avais répondu :

— Mais non, tu sais bien que toi et moi nous ne donnons pas dans ce style ! Nous sommes des Tita ! Pas des mères !

Je lui avais chanté à l'oreille *clavelitos*, une de ses *tunas* préférées, parce que les *claveles*, les œillets, ont toujours été sa fleur favorite. Elle avait fermé les yeux. Où était-elle partie ?

Ma sœur était revenue, avec Beni arrivée entre-temps, un faux sourire plaqué sur la face, au cas où Tita serait sortie de sa somnolence. Elles étaient furieuses et je le voyais. Elles m'avaient entraînée dans le couloir.

— Ils lui ont fait une chimio ! Sans rien demander à personne, comme elle est veuve et sans enfants. Et nous trois, nous sommes qui ?

J'ai envie de tuer quelqu'un. Rémi et Beni aussi.

En attendant, c'est elle qu'ils ont tuée. Trois jours plus tard, sans avoir vraiment récupéré ses esprits, sans qu'une expression d'indicible tristesse ait quitté son regard, elle est morte seule, en pleine nuit, à l'hôpital. *En tierra extraña*. En terre étrangère. Exactement ce qu'on voulait éviter. Ils nous l'ont achevée, ces abrutis, avec leur chimio débile. J'ai beau rêver enquête, accusation, vengeance, rien ne nous la rendra. Nous n'irons pas manger des huîtres. Ni boire un petit chablis. Nous avons loupé sa sortie.

Nous avons toujours connu Tita aussi anticléricale que n'importe quel autre membre de cette iconoclaste génération, mes parents, mes oncles, mes tantes et leurs conjoints. Pour autant, les dernières années, je l'ai surprise plusieurs fois esquissant un signe de croix, invoquant un saint, regardant le ciel. J'attribuais ce retour aux réflexes inculqués dans l'enfance à une légitime angoisse avant le grand pas. Il me faut cependant reconnaître que si nous autres athées présentons une très nette supériorité intellectuelle sur les croyants, nous donnons dans l'insignifiance quand on en vient aux rituels. Quelle alternative face à une messe, un requiem, au recueillement dans la lumière irréelle des vitraux, la musique des orgues et tout le tremblement qui ponctue, qui conclut, qui élève, qui console ? Nous qui ne sommes même pas chez nous, qui ne disposons d'aucun caveau de famille, ni maison ancestrale, dans ces contrées où nous mourons, nous faisons comment ? Avec qui partager ? Les moments où l'exil et son isolement réapparaissent se font rares, et d'autant plus douloureux.

Le curé de l'hôpital s'était fait connaître, avait proposé ses services et nous avions tenté de coller au plus près à ce qu'elle aurait voulu. Pas une messe, non, mais un moment de recueillement en sa compagnie, oui, certainement. Il y avait une sorte de chapelle dans l'enceinte de l'établissement. J'avais averti le prêtre que nous étions une bande d'athées irréductibles, et que sa présence n'était due qu'à ces signes que j'avais remarqués dernièrement. Il avait pris l'air entendu de celui qui vient de récupérer une brebis égarée. Si ça pouvait arranger les affaires de ma tante au cas où elle arriverait, à sa grande surprise, au paradis, cela ne nous dérangeait pas. Je lui avais annoncé que j'allais rédiger un hommage, et que bien entendu je le ferais en espagnol. Réticence sur le miel de son faciès, comme un grumeau dans une hostie. Si nous allions glisser d'insoupçonnables insanités dans le texte ? Je n'ai pas l'intention de me soumettre à une quelconque prélecture ou traduction. C'est inenvisageable, comprenez-vous, après l'Inquisition, les évangélisations forcées et autres épisodes regrettables au passif de vos collègues. Les nôtres ont trop souffert de l'action des vôtres, mettez-vous à notre place... Par les temps qui courent, l'Église catholique a révisé ses exigences à la baisse, est devenue compréhensive, ouverte, presque fréquentable. Sous nos latitudes en tout cas. Je suppose qu'au Brésil ou en Colombie il en serait tout autrement. Mais nous sommes dans les Hauts-de-Seine.

Il accepte. Ainsi soit-il...

Ce dont maman a mis un soin rigoureux à nous protéger comme elle-même n'avait pas pu l'être est arrivé. Je ne concevais ce moment que comme une plongée dans une épouvante sans fond. Il faudrait toujours affronter ce dont on a le plus peur. C'est alors qu'on s'aperçoit qu'il n'y avait pas de quoi ressentir une telle terreur. Tita n'est pas une morte. C'est Tita, morte. Elle n'a rien d'effrayant. Je lui trouve une expression de paix, de douceur, qui lui ressemble vraiment. C'est bien elle, qui gît devant moi dans sa déroutante immobilité. Je la reconnais. Je la prends dans mes bras, je lui parle, la cajole. Comme avant. Si c'est ça la mort, ce n'est pas grave. C'est juste froid. Pas de quoi trembler. Juste de quoi pleurer à l'idée qu'on va mettre son corps dans une boîte et fermer la boîte. Nous ne la verrons plus. On ne dit jamais la première fois que je l'ai entendu, ou la première fois que je l'ai senti ou touché. On dit la première fois que je l'ai vu. Ou la dernière fois que je l'ai vu. Les sentiments entrent par les yeux. Ne plus voir quelqu'un, perdre son regard, c'est ça, la mort. C'est ophtalmique.

J'avais posé un baiser sur son front glacial et rejoint les autres, en cercle autour du cercueil, la famille restreinte et le prêtre. J'avais sorti mes feuilles avec le petit compliment que j'avais réussi à écrire la veille.

Mes mains tremblaient tellement que je devais tenir ma main droite avec ma main gauche et bloquer mon coude contre ma taille. Ma voix tremblait aussi, et les larmes coulaient. Le curé aurait bien aimé savoir ce que je racontais. Rien de bien original, on dit tous les mêmes choses dans ces circonstances…

Adieu, Tita… Une aventure humaine vient de se terminer. Elle commença quand Virtudes Santacruz mit au monde son premier enfant, Harmonia. Aujourd'hui notre Tita est partie rejoindre ceux qu'elle a le plus aimés, sa mère, Virtudes, et Virgilio, son mari.

Que dire lorsque disparaît quelqu'un qui nous a connus toute notre vie ? Qu'elle emporte avec elle un petit peu de chacun d'entre nous.

Nous retiendrons de Tita son appétit pour les choses simples de la vie. Son goût pour le bon champagne et les petits plats, avec une préférence pour les ailes de poulet grillées. Elle aimait les œillets, l'aquarelle, la lavande, la dentelle au crochet, la valse, le chotís *et les* zarzuelas.

Nous garderons en nous, au-delà de son visage serein et de son sourire tranquille, la nuance de tristesse dans ses yeux, la manière de frotter inconsciemment ses doigts les uns contre les autres comme pour réfréner une anxiété profonde venue de temps difficiles, le grain de beauté à l'arête de son nez, son humour et ses éclats de rire, sa douceur imperturbable et la permanence d'un solide accent extrémènien, de ceux qui empêchent de perdre la mémoire des origines.

Jamais elle ne nous laissa deviner s'il y avait eu des drames dans sa vie. À qui la providence ne donne pas d'enfants, je suis bien placée pour le savoir, le diable donne des nièces et des neveux, à profusion.

Tita, compagne de route, pour l'amour de ton homme, de l'exil de mes parents, et donc, pour nous les enfants, pourvoyeuse d'un précieux sentiment de solidité familiale, si discrète que tu aies été sur les souffrances de tes dernières années, et maintenant que les diafoirus sont venus à bout de ton extraordinaire vitalité, j'espère que là où tu es tu m'entends : nous ne t'oublierons pas.

Tita, nous espérons tous que tu es arrivée au paradis que tu mérites, avec des anges compréhensif qui se laisseront griller les ailes et que tu t'en régaleras pour l'éternité.

Tita est ramenée au Pays basque, où son mari est enterré. Je me souviens de la mort de Virgilio, à l'époque où je redoutais de poser mes yeux sur un cadavre. Je voulais rester préservée de tout contact avec le malheur. Je n'étais pas montée à l'étage où il reposait, j'avais attendu que le cercueil soit fermé pour lui faire mes adieux. Mon expérience en matière d'obsèques se limitait à quelques cérémonies sans implication particulière de ma part. J'y avais respecté les prescriptions de ma mère, savoir se tenir, ne pas craquer, rester digne jusqu'à ce qu'on soit seule ou à la maison. Ne pas céder à l'émotion toujours embarrassante en public. Et je découvris Tita, si discrète d'habitude, si maîtresse d'elle-même et pudique sur ses états d'âme, je la vis et surtout je l'entendis littéralement hurler à la mort. Ma mère essayait de la calmer, de la raisonner, et elle n'en avait rien à faire d'être bruyante, mal élevée. Elle s'en tapait de la discrétion, elle était au-delà de la dignité… Elle n'était que douleur et ne semblait pas considérer qu'elle devait la dissimuler. Elle me faisait penser aux pleureuses grecques, aux Orientales qui s'arrachent les cheveux, aux poitrines frappées, aux poignets tordus, aux sanglots librement expulsés sans souci du regard d'autrui. J'étais stupéfaite. Je ne reconnaissais pas ma tante dans cette femme épuisée par les larmes, laissant libre cours à l'excès, au scandale. Serais-je capable de ce relâchement, de cette perte de contrôle ? Non. J'enfermerais sans ménagement, à l'intérieur de moi, ma double hurlante, boudée, prisonnière et me ravageant les entrailles comme le renardeau que le jeune Spartiate cacha sous sa toge.

Nous avions dit au revoir au curé, quitté le funeste hôpital où d'inutiles chimiothérapies étaient infligées à des vieilles dames sans défense. Assassins sûrs de leur impunité qui exercent leur technique sur des innocents ou qui croient sauver les systèmes de retraite par l'euthanasie clandestine, allez savoir. Glacés jusqu'à l'os malgré la température clémente, nous rentrons chez mes parents, à la maison, et préparons du café.

Tita n'est plus là, ne sera plus là. Rémi, assise, perdue dans ses pensées, renverse sa tasse. Une tache s'étend sur l'accoudoir. Papa prend une intonation fataliste et soupire :

— Et maintenant, en plus, une tache sur le fauteuil…

Il suspend sa phrase et nos nerfs lâchent en même temps. Faute de cimetière, le célèbre fou rire des enterrements nous prend à domicile. Seule maman reste de marbre.

Tisane magique

Septembre 2003

Maman va passer quelque temps chez moi. Nous ne sommes prêts, ni elle ni nous, à un retour brutal à la normale. Nous avons besoin de nouvelles marques. Je l'installe dans la chambre d'amis. Sur la table de chevet, j'ai posé une photo de sa mère, et sur la commode une photo de nous, enfants. J'ai apporté ses vêtements préférés et les livres qu'elle a l'habitude de lire et relire. Une bouteille de Martini rouge attend dans le frigo.

— Mais tu sais, je ne veux pas te déranger.

Bien sûr qu'elle veut me déranger. Elle adorerait s'installer ici pour de bon.

— Ne sois pas idiote, comment veux-tu me déranger ?

Elle ne me dérangera jamais autant que j'ai dû la déranger, moi, à l'époque où je me suis annoncée. Mes parents étaient encore dans la précarité des premières années d'exil, et un deuxième enfant n'arrangeait rien. Maman a toujours prétendu que je fus ardemment désirée, comme on dit. Elle n'en démord pas. Effrayée des ravages que pourrait constituer dans l'esprit d'un enfant l'idée d'être tombé comme un cheveu sur la soupe, elle nie l'évidence. Ça fait partie de la fable, et ça ne me dérange en rien de ne pas en croire un mot. Maman n'a jamais compris à quel point ce mensonge me la rend encore plus chère, et à quel point je ne vois pas l'ombre d'une contradiction entre ne pas avoir désiré un enfant et l'aimer de tout son cœur une fois qu'il est là. Ça me paraît d'autant plus beau.

Je lui sers un thé, des petits sablés. Et je lui dis qu'elle est la meilleure mère du monde. J'ai décidé de tout lui dire quand je le pense, pour ne rien regretter, plus tard, le jour où je ne pourrai plus rien lui dire du tout. Je sais qu'une partie de son cœur est nécrosée. L'idée de sa mort s'est fait une place dans mon esprit. En revanche, celle de sa disparition, physique, concrète, est inenvisageable. Ne plus la voir. Ne plus l'entendre. Ne plus poser ma main sur son épaule, sur son genou. Cela ne se peut pas.

Je reproduis pour elle les attentions qu'elle avait pour moi quand j'étais enfant. Cette inversion des rôles l'enchante, elle n'a jamais vraiment bénéficié de ce genre de traitement. Ou il y a si longtemps… Je la gâte comme on dorlote un enfant fiévreux. Je me procure les douceurs qu'elle aime, je lui coupe des fruits, je lui concocte des petits plats sans sel mais bons quand même, je lui masse les pieds, je lui fais les ongles et je l'écoute parler. Quand je travaille dans le coin bureau de mon salon, elle s'installe dans un fauteuil, et me raconte en long, en large et en travers à quel point elle fait bien attention à ne pas me déranger. Si elle garde le silence pendant plus de quelques secondes, je lève les yeux de mon clavier. Je croise son regard, elle me sourit. Je prends l'habitude de vérifier qu'elle est bien vivante.

Le tout premier soir, elle n'arrive pas à s'endormir, finit par m'appeler. Elle se sent oppressée, respire mal. Nous sommes seules à la maison, Yann est absent. Je la fais boire, je lui parle doucement. Je ne laisse rien paraître de mon affolement intérieur. Que faire ? Et si c'était une nouvelle alerte ? Faut-il se précipiter aux urgences ? Je lui demande si c'est comme la dernière fois. Non, mais elle se sent mal. Moi aussi je me sens mal. J'appelle SOS Médecins, on me pose des questions, on me dit qu'on envoie quelqu'un. Je m'assieds à côté d'elle, seule la petite lampe de chevet est allumée. Et nous attendons comme deux âmes en peine. Elle finit par rire faiblement.

— Dis donc, on doit avoir l'air de deux orphelines.

Ça ne pouvait pas louper. Le genre de vanne à laquelle elle n'a jamais résisté.

— *¡ Graciosa !* Il n'y a qu'une orpheline ici, c'est toi. Moi je n'ai pas l'intention de le devenir.

— Ça m'arrange !

Elle cache mal son angoisse. Le médecin finit par arriver, dans le genre godelureau important, toutes plumes ébouriffées, qui se déplace en pleine nuit parce que bon, c'est le contrat, mais qui fait sentir à quel point ça l'emmerde. Je lui tends le dossier avant qu'il ne pénètre dans la chambre. Puis il va la voir, et tout en se penchant vers elle, il demande à haute et intelligible voix :

— C'était quand exactement, son infarctus ?

Il est débile ou quoi ? Je viens de lui dire de rester discret sur la question.

— J'ai fait un infarctus ?

Voilà ! Très fort, le toubib… Si c'est comme ça qu'il rassure ses patients, je me demande comment il s'y prend quand il cherche à inquiéter quelqu'un. Nous n'avons jamais menti à maman, sinon par omission. Nous n'employons pas certains termes devant elle. Et voilà que ce déficient surgit dans la nuit et fout par terre notre politique de sécurisation maternelle. Je le foudroie d'un regard revolver en déplorant qu'il ne soit pas chargé. Il comprend le langage des yeux. Dommage, maman aussi. Je n'étais pas dans son angle de vision, mais c'est ma mère, elle comprend même ce que je ne dis pas. Il se rend compte de son erreur et corrige le tir. Il dispose du matériel pour faire un électrocardiogramme sur place, il l'ausculte, prend sa tension et lui confirme que tout va bien, elle ressent juste une compréhensible anxiété mais tout va rentrer dans l'ordre. Elle a été bien opérée, son cœur est tout neuf.

— Ne me dites pas ça, docteur. Je veux bien d'un vieux cœur, du moment qu'il marche.

Papa passe la voir. Elle l'accueille comme un chien dans un jeu de quilles, il se marre. C'est comme ça. Un vieux scénar un peu lassant, mais qui les cimente apparemment davantage que les mots d'amour. Mes frères et sœur ont droit à un autre traitement : elle jubile quand elle les voit. Un jour je rentre et elle a des étoiles dans les yeux. Rodrigo lui a rendu visite.

— Il est tellement adorable ! Il m'a fait une tisane ! Elle était délicieuse ! Tu savais qu'il faisait aussi bien les tisanes ?

Et voilà ! Tous les petits plats, les massages, les conversations et les câlineries que je peux lui prodiguer ne pèsent rien face à une tisane de son aîné ! Un chef-d'œuvre, une prouesse, un exploit ! Je me moquerais bien, mais elle ne le supporte pas. Mon frère aîné et maman ont toujours eu une relation particulière. Il est le Madrilène, le seul à avoir partagé avec elle un épisode d'avant l'exil, et cela a laissé des traces. Il lui inspire une inquiétude et une tendresse particulières. En d'autres termes, c'est lui le chouchou, ce qu'elle a toujours nié avec la dernière énergie. Lui le sait, nous aussi. Cela lui donne une responsabilité spécifique, qui va au-delà de son statut de *primogénito*. Paradoxalement, il doit assurer plus de présence, donner plus de lui-même alors que le moindre atome de son attention brille comme un diamant aux yeux de maman. Il pourrait se contenter de les disséminer et attendre que leur rareté les valorise encore, mais il assume une charge affective plus lourde et ne fait rien pour s'y soustraire. Cela lui est probablement aussi nécessaire qu'à elle.

À la fin du mois de septembre, elle regagne ses pénates et son mari. Le bouleversement que nous avons vécu est imperceptible à l'œil, même s'il commande à tous nos gestes. Après cette cure affective intense où chacun de nous a joué son rôle à fond, nous nous sommes relayés, soutenus, le résultat est là : elle est en pleine forme. Dans la mesure du possible, en données corrigées des variations saisonnières, dans la limite des stocks disponibles, mais les photos de l'époque en attestent.

Échographie

Maman doit désormais être surveillée par un spécialiste du palpitant qui, tous les deux mois, va vérifier que tout va aussi bien que possible. Par chance, le meilleur cardiologue du secteur exerce à quelques encablures de chez mes parents, et nous fournit une excellente occasion de faire un peu d'exercice. Je l'accompagne, à pied, pour ce trajet qui, au fil des mois, devient rituel. Nous traversons le jardin public, suivons la rue principale, longeons les boutiques du centre-ville. Elle se pend à mon bras, fait des remarques sur tout et sur rien, s'arrête tous les dix mètres sous prétexte de commenter la particularité d'une façade, la beauté d'un arbre. Comme si je ne voyais pas qu'elle est trop essoufflée pour continuer. Elle se ferait couper en morceaux plutôt que de le reconnaître. Elle considère la maladie comme un affront qu'il convient de traiter par le mépris. Le cabinet culmine au premier étage d'un petit immeuble sans ascenseur. Elle grimpe vaillamment, ne montre rien de l'effort que suppose, pour ce qui lui reste de muscle cardiaque, une envolée de seize marches. Je la suis, prête à la rattraper si elle tombait en arrière, mais elle s'agrippe à la rampe comme si sa vie en dépendait. Sa vie en dépend.

Le cardiologue est un grand type chic et sec, cheveux courts et gris, lèvres minces, sans amabilité particulière mais avec cette vraie courtoisie qui consiste à recevoir les patients à l'heure précise du rendez-vous. Nous nous installons face à lui, et il ne s'adresse qu'à moi. Cette horripilante habitude peut être constatée par quiconque se déplace en compagnie d'une vieille personne. Il me parle, je me tourne vers elle et j'attends qu'elle réponde. Mais elle, humiliée, me fait signe de parler à sa place.

Un cardiologue, ça vous déshabille. Ça vous enlève le haut. Complètement ? Oui, complètement. Pour ma génération, qui se fait bronzer topless, voire à oilpé depuis des années, se présenter en tenue d'Ève devant un toubib, un masseur, ou un vétérinaire en cas de besoin, ne présente strictement aucune difficulté. Il en est tout autrement pour la génération de ma mère. Descendre de ses chaussures constitue pour elle un acte intime, impudique. Et ce grand échalas lui indique comme une évidence qu'elle doit traverser la pièce en chaussettes, leggings et rien d'autre. Montrer son embarras serait reconnaître qu'il existe. Elle se contente donc de me glisser un commentaire en espagnol sur l'infinie variété d'expériences nouvelles que lui procure son état de santé.

— On s'en fout, *mamá*, les grands maigres, c'est pas ton genre de toute façon.

— Oui, j'ai bien remarqué qu'il n'a d'yeux que pour toi, ma fille, alors que je lui exhibe tous mes charmes…

Elle grimpe sur l'électrocardiogramme, il pose des trucs froids et multicolores un peu partout sur sa poitrine. Elle tente de plaisanter, il lui dit que prendre la parole affecte le rythme cardiaque.

— Vous me demandez poliment de me taire, c'est ça ?

Il hoche la tête, sans un mot et sans sourire. Elle me regarde piteusement, me dit avec les yeux que, décidément, c'est un marrant, le toubib. Un joyeux drille. C'est ce genre de détail qui l'a toujours excédée chez les Français. Les Espagnols font un brin de conversation quelles que soient les circonstances, en y incluant autant que faire se peut une petite plaisanterie de bon aloi. Je lui fais un clin d'œil de connivence. Rien de nouveau, *mamá*, tu connais le diagnostic. Il n'est pas méchant, juste français. Atrophie du boyau de la rigolade typique du nord des Pyrénées. Puis il s'agit de retraverser la pièce, toute pudeur anéantie, jusqu'à l'échographe.

— Échographe ? Je ne suis pas enceinte, lance-t-elle, sans doute pour tenter encore, malgré tout, de dérider notre hôte.

— Ce n'est pas seulement pour le ventre des femmes enceintes, une échographie du cœur permet de visualiser les tissus et d'évaluer le retentissement de l'insuffisance mitrale.

Voilà, *mamá*, ça t'apprendra. Tu poses des questions, monsieur répond. Ce n'était pas son but, mais le spécialiste a réussi à la faire rire. Elle s'esclaffe :

— Merci pour le renseignement, docteur, mais ça me rajeunit quand même !

Elle s'étend sur le côté gauche, docilement, et me glisse :

— N'empêche, dis donc, il parle comme un livre, ton ami, on voit que c'est un garçon instruit.

Elle n'a jamais résisté au plaisir de se payer la tête des gens, et elle le fait de moins en moins discrètement. Heureusement, elle a eu recours à l'espagnol. Mon ami, donc, met la machine en marche. Et pour la première fois, j'entends le cœur de ma mère. Ça n'a rien à voir avec le tam-tam habituel qu'on perçoit dans sa propre poitrine quand on est essoufflé. L'étrange bruit de succion qui provient du thorax de maman tient du bruitage pour dessin animé, à la fois musical et râpeux, comme une fontaine qui aspire et rejette des petites spirales sonores, ponctuées par un sifflement qui évoque un jet de vapeur. J'écoute, bouleversée, cet écho inconnu, aquatique. L'ai-je entendu autrefois, quand j'étais dans son ventre ? Mes yeux se posent sur ses chaussures, sagement posées par terre, bien parallèles. Poignantes. Et ma perception se réduit à un vertige où ne restent que ces escarpins qui attendent et ce son qui s'est substitué au murmure étouffé de la rue. Je prie, pas d'autre mot, pour qu'il ne s'arrête pas, jamais, jamais. S'il vous plaît. S'il vous plaît qui ? Je ne sais pas, je m'en fous. Juste laissez-lui son cœur. Il a bien mérité. Il est sa vie, qui ne tient désormais qu'à un fil, une kyrielle de médicaments, un ressort et une surveillance constante. Il a traversé l'enfance et la mort du père, la guerre et la terreur, la répression, les brimades et les humiliations de la vie en dictature, l'amour et l'exil, les rêves qui s'écroulent, remplacés juste à temps par d'autres, à l'infini… La petite pompe, qui a quelque chose de gai dans ses volutes et d'infiniment angoissant dans la suspension entre deux temps, n'a jamais renoncé à ses illusions et se bat encore, pour rester là. Il ne faut pas que ça s'arrête, il ne faut pas. Le docteur coupe le son, débranche, le cœur de maman redevient inaudible, mais je sais qu'il continue, elle se lève, contente et rassurée, elle aussi, par la vigueur guillerette du chant de l'échographe. Je l'aide à se rhabiller. Le spécialiste, apparemment habitué à traiter avec des déficients auditifs, nous répète que maman ne doit surtout pas manger salé, bien prendre sa flopée de pilules et faire un peu d'exercice. C'est mal connaître maman que d'imaginer qu'elle pourrait se négliger. Elle est accro à la vie. Au revoir docteur, nous reviendrons dans deux mois. Un jour, en juin, presque un an après l'infarctus, à l'instant où nous sortons de l'immeuble, un orage monstrueux déchaîne sa furie sur nos têtes. Nous nous réfugions sous l'auvent providentiel d'un café. Les paquets d'eau redoublant de violence, nous finissons par nous asseoir et commandons un chocolat. Maman est ravie, un sourire extatique illumine son visage. Je prends conscience que cela fait des mois que nous n'avons pas pris le temps de faire ensemble quelque chose qui ne soit pas fonctionnel, contraignant, directement lié à sa santé. Je décide de jeter par la fenêtre le reste des tâches de l'après-midi, et de prendre le temps d'en perdre, avec elle. Nous plaisantons, elle imite le cardiologue. Un couple entre deux âges et entre deux bières a le bon goût de me reconnaître, ce qui plonge maman dans une fierté solide. Elle est en train de passer un bon moment, inattendu et gratifiant. Aujourd'hui, elle adore la pluie ! À ce moment précis, elle est elle-même, celle qu'elle a toujours été, souriant aux gens, riant à la vie. Désormais, dans sa fragilité nouvelle, elle reçoit comme un cadeau inespéré un simple moment de vie normale, de vie d'avant. La vieillesse commence le jour où le temps précieux qui reste à vivre ne trouve pas preneur parmi les inconscients assez simplets pour croire le leur illimité. Nous recommencerons, maman, à gaspiller du temps ensemble. À en savourer chaque infime seconde.

Col du fémur

Automne 2004

Nos attitudes et nos habitudes changent. Nous la surveillons comme le lait sur le feu. Seule maman, elle, ne change pas, même si elle n'a plus les moyens de rester égale à elle-même. Elle ne cuisine presque plus et, quand elle se lance, le résultat n'a plus qu'un lointain rapport avec ses prouesses de naguère. Elle coud encore parfois, mais seulement pour réparer, pas pour créer. Une qualité différente de frustration la gagne, quelques crans au-dessus de celle qu'elle ressentait déjà avant. Elle a besoin de se sentir au milieu de la photo. Elle a le sentiment de n'avoir plus rien à offrir. Si bien que, quand Rodrigo doit se faire opérer d'un ménisque, elle exige qu'il vienne passer sa convalescence chez elle. Il s'agit de chirurgie ambulatoire, sans convalescence particulière. Mais maman insiste et nous comprenons que cet épisode lui rend son statut antérieur, son statut de toujours. Soigner mon frère la réintègre dans son domaine de compétence préféré. Elle est rodrigologue *honoris causa*. Il comprend et accepte. Elle jubile, renoue avec un autre temps, quand quelqu'un dépendait d'elle. Aux petits oignons, le grand frère. Il s'installe avec ses portables, ordi et téléphone, travaille à la maison, sa jambe bien à l'abri.

Un jour, alors qu'il est en pleine communication téléphonique avec un client, Rodrigo entend maman appeler. Il se précipite en claudiquant vers la chambre. Elle est tombée, derrière la porte, si bien qu'on ne peut pas ouvrir. Il appelle papa qui, concentré sur son journal, n'a rien entendu. Petit à petit, ils arrivent à grignoter de l'espace, millimètre par millimètre, pendant qu'elle tente de se traîner par terre de l'autre côté en gémissant. Ils finissent par se frayer un passage, mais ni l'un, patte folle, ni l'autre, octogénaire autonome mais à la souplesse toute relative, n'en ont la force. Rodrigo appelle le médecin du premier étage. Maman proteste d'un filet de voix :

— Celui qui a dit que j'avais un cœur de jeune fille ? Il va me trouver dans une forme olympique !

Le généraliste, qui n'a que quatre étages à monter, assure qu'il arrive dès que possible. Maman est toujours par terre. Alors Rodrigo nous appelle tous, mon frère, ma sœur et moi. Le coup de fil n'est pas terminé que Gonzalo a sauté dans son ascenseur, piqué un sprint, bondi dans le RER, il est là vingt minutes plus tard. Il la relève enfin, l'assied dans un fauteuil, l'engueule un petit peu, c'est sa manière à lui. Il ne supporte pas qu'elle n'aille pas bien et se donne un mal fou pour cacher à quel point ça le dévaste.

Mes frères lui font bouger les jambes, les bras, la tête et en déduisent, non pas du haut de leur compétence médicale mais de celui de leur confiance en l'invincibilité de leur mère, qu'elle n'a rien de cassé. Finalement, le médecin se présente et, après l'avoir bien observée et questionnée, il conclut qu'il faut appeler une ambulance et lui faire passer des radios. *Tonto útil*… Pourquoi ont-ils tant attendu ? Parce qu'ils pensent, encore et toujours, qu'il ne peut rien lui arriver de grave. C'est maman, quand même. Maman est éternelle, elle l'a toujours été. Mais il vient un moment dans la vie où on ne se fait plus juste mal. On se fait vraiment mal. Elle est transférée dans la clinique même où Rodrigo vient de se faire taquiner la rotule. La gambette et son squelette, ils connaissent, c'est leur spécialité. Les radios confirment un grand classique : elle s'est cassé le col du fémur. Comme d'habitude, elle a eu beau se plaindre, elle est restée très en dessous de ce que la douleur aurait exigé. Il faut opérer. Problème : elle est sous Plavix, maman. Malheureusement pour elle, Plavix n'est pas un irréductible Gaulois, mais un fluidifiant du sang pour les cardiaques. Avant d'ouvrir, il faut attendre qu'elle ait éliminé le médicament qui lui court dans les veines et préserve sa vie. Mais qui pourrait aussi bien causer sa perte en cas d'hémorragie. Combien de temps faut-il ? Une bonne semaine à attendre, couchée, la hanche fracturée, que s'évapore la drogue. Elle est mise sous morphine, ce qui laisse imaginer le niveau de souffrance. Elle est seule, seule, seule. Et nous, inutiles. Je voudrais me casser un os, lui prendre sa douleur, je peux la supporter, moi, je ne suis pas cardiaque ni rien. Mais nous ne pouvons pas souffrir à sa place. Notre souffrance à nous, elle est en supplément, comme un bonus. Le plaisir se partage, la douleur s'additionne.

Certaines semaines durent plus longtemps que les autres. Celle-là dure un siècle. Je vis, je ris, je fais comme si. Mais je ne pense qu'à maman, aux ravages du cocktail immobilité et douleur. Elle ne se plaint plus, réagit à peine quand on lui parle. Ses bras se couvrent de bleus tandis qu'ils cherchent de nouvelles veines pour planter leurs funestes aiguilles. Je la regarde, si vulnérable, si meurtrie, si abandonnée à ses divagations dues à la drogue, et je me promets que plus jamais je ne la laisserai maltraiter ainsi. Désormais je la garderai à la maison plutôt que de la laisser aux mains d'inconnus. L'impuissance pousse à prendre des résolutions totalement irréalistes.

Le jour de l'opération arrive enfin. Je me sens délestée d'un énorme poids quand je prends ma voiture, la délivrance est proche. Je roule sur l'avenue Charles-de-Gaulle à Neuilly quand mon portable se met à sonner. Je décroche sans même penser aux flics, j'ai reconnu le numéro de la clinique. On m'annonce que ce n'est pas la peine de venir. Mon cœur s'arrête de battre.

— Comment ça ?

— Votre mère a bien été anesthésiée, malheureusement nous avons un problème.

— Quel problème ?

Je sens que je perds pied, ce qui n'est jamais une bonne idée quand on circule sur une quadruple voie où abonde le psychopathe motorisé.

— Un problème d'autoclave.

— Plaît-il ?

— Les instruments n'étaient pas stériles. Ça n'arrive jamais, au grand jamais, mais là c'est arrivé…

— J'hallucine. Vous n'avez pas d'instruments de rechange ?

— Si, mais les instruments de rechange aussi avaient un problème… Mais ne vous inquiétez pas…

— Que je ne m'inquiète pas ? Ma mère gît sous morphine depuis une semaine avec la hanche fracassée, vous attendez de l'avoir anesthésiée pour vous apercevoir que vous ne pouvez pas l'opérer, mais je ne dois pas m'inquiéter ? J'attends qu'il y ait un attentat terroriste avec prise d'otages plus une explosion de gaz, avant de m'affoler ?

Je prends conscience que je me suis garée dans la contre-allée et que je hurle dans le téléphone, à m'exploser les cordes vocales. Calme-toi, Gus, reste utile. On m'explique que ma mère est en train d'être transférée vers une autre clinique, dans Paris, qu'il n'est donc pas nécessaire que je me déplace jusqu'à eux. Ils peuvent me donner l'adresse, bla, bla... Grandiose. Époustouflants de compétence, non ? Je note et repars dans l'autre sens. Un coup de poing dans l'estomac ne m'aurait pas fait plus d'effet. Ils vont me la tuer. Je fonce en tentant de trouver un peu de sérénité, il ne manquerait plus que je grille un feu et me fasse arrêter par les flics. Comment une telle scoumoune est-elle possible ? Quelque part dans Paris, une ambulance conduite par des gens qui ne la connaissent pas et qui s'en foutent, transporte ma mère à deux pas du Jardin des Plantes. J'arrive à la vitesse du son, le cœur à l'envers, je me gare à la sauvage, abandonnant ma voiture aux contractuelles, fourrière et autres poisons urbains, et déboule dans le hall, hors d'haleine après un sprint à pulvériser le record du monde du vingt mètres, si ça existait. Je demande où est ma mère, une dame met trois siècles à me répondre placidement, après moult vérifications, sans se rendre compte qu'elle échappe de justesse à une strangulation sauvage. Maman n'est pas arrivée, j'ai grillé l'ambulance. Les Fittipaldi du trois tons se sont peut-être arrêtés pour faire le plein ou une petite belote, il fait un temps radieux. J'attends. Si j'étais clopeuse, j'en serais à deux cigarettes simultanées, depuis trois paquets. Voire davantage. Je fume par les naseaux, pas besoin de tabac pour ça. Des images incontrôlables me passent par la tête. Maman arrivant morte à la clinique. Rendant son dernier soupir dans une station-service où le gasoil coûte trois centimes de moins qu'ailleurs. Salopards d'ambulanciers. Et si c'était vrai, les conjonctions astrales ? Qui auraient fait coïncider la chute derrière une porte, le toubib indifférent, le fémur friable, la panne d'autoclave et l'ambulance erratique ? Est-ce que, à me moquer des superstitions, je n'ai pas attiré les foudres de puissances occultes tellement pourries qu'elles s'acharneraient sur ma mère et non sur moi ? Mme Placide me fait signe, ils arrivent. Je sors sur le trottoir, j'aperçois la civière, manipulée avec précaution. Maman est emballée, seuls ses cheveux sont visibles. L'image du corps d'Indira Gandhi sur son bûcher se superpose au brancard et je la chasse avec horreur. Ils s'avancent vers l'entrée des urgences, je cours :

— C'est ma mère !

Elle est dans les vapes, mais j'ai entendu dire que, dans ces cas-là, on comprend ce qui se passe.

— Maman, je suis là, c'est bientôt fini, on va te soigner, ça va aller, maman, ça va aller, *mamaíta mía, no temas…*

J'ai dit *no temas*, n'aie pas peur, parce que je sais que si elle l'entend, ça va lui parler. C'est ce que disait Pepe à Yaya, pendant la guerre, pour la rassurer, et qu'il a continué à lui dire toute sa vie. Le reste de l'après-midi est sorti de ma mémoire, une sorte de brouillard s'y est substitué. Je sais que la famille s'organise, nous sommes rodés maintenant. Pendant les trois semaines où elle va rester dans la jolie chambre avec balcon, aux soins d'un personnel attentif et bienveillant, nous nous relayons comme à Melun. Durant les trajets, en bus ou en voiture, je me passe en boucle une chanson, *Elle chante*, par Lavilliers en duo avec Cesaria Evora. Je me laisse bercer par la suavité du portugais. Je me réfugie dans la voix de la Capverdienne. Je ne comprends pas tout ce qu'elle dit, mais je sais de qui elle parle. Je redeviens petite fille, je redeviens invincible. Je saisis « la douceur est une forme de lutte » et je vois les yeux de maman, Lavilliers répond « elle est la vie la mort la fragilité et la force », et je la vois tout entière. Mes batteries sont chargées à bloc quand j'arrive à son chevet.

Dès le lendemain de l'opération, à notre stupéfaction, le kiné, jeune et musclé, la fait marcher en l'appuyant d'abord sur lui, ce qui lui convient parfaitement, puis au moyen d'un déambulateur, ce qui la vexe. C'est un truc pour vieux, et si elle était vieille, ça se saurait. Maman fatigue très vite, mais pour nous qui nous attendions à la voir sur un fauteuil roulant pendant des mois, la surprise est totale. Sa combativité reste intacte. Dans *Sacré Graal*, les Monty Python mettaient en scène les « Chevaliers qui font Ni ! ». L'un d'entre eux défend un pont, et continue à défier ses ennemis une fois qu'on lui a coupé les deux bras et les deux jambes. Il les insulte en agitant ses moignons qui crachent le sang : attaque si tu l'oses, poule mouillée ! Poltron ! *You, chicken !* Ainsi maman, aux commandes de son déambulateur, oppose à la grande faucheuse son obstination à rester vivante.

Un dimanche, après la visite, nous nous retrouvons tous les quatre au café, en bas. Nous trinquons avec du chocolat chaud en direction de la chambre, là-haut, où nous l'avons laissée après avoir pris des photos de groupe avec nos téléphones. Maman fatiguée, les yeux cernés, mais souriant à ses quatre rejetons. Nous avons de la chance malgré tout, une fracture, c'est mécanique, ça se répare. Elle pourrait perdre la tête, et ça serait bien pire.

On se trompe. Un os qui casse, ça n'influe pas sur le cerveau, mais une semaine de morphine doublée d'une anesthésie générale qui n'en finit pas, ça laisse des traces dont nous ignorions tout. Des paroles de Will me reviennent : « Ce qui change quand on est vieux, c'est que si un matin on a mal quelque part, on sait que c'est pour toujours, que cette douleur-là ne partira plus jamais. » La vieillesse se paie cash, au quotidien.

Will. Comment ne pas parler de lui ? Celui que depuis des années j'appelle mon père américain est une grande figure de ma vie. Un mètre quatre-vingt-quinze de bonhomie, de tendresse et d'intelligence. *American Dad* aurait pu rester ce qu'il était au départ, un lointain parent par alliance, l'oncle de ma tante, épouse californienne d'Ilitch. Mon oncle génétique, qui m'avait invitée à passer un an en Californie après mon bac, s'était révélé autoritaire et parfaitement inapte à la gestion de l'adolescente rétive à toute discipline que j'étais alors. Je claquais la porte de celui qui avait été mon idole d'enfant après quelques courtes semaines et m'apprêtais à reprendre l'avion vers l'Europe quand Will m'invita chez lui, comme si j'avais été un des étudiants étrangers qu'avec son épouse Beth il avait l'habitude d'accueillir. Sa famille comptait deux grands fils qui avaient quitté la maison et une fille, Lee, à peine plus jeune que moi, qui fréquentait encore la *high school*. Entre les McKay et moi, le courant passa façon coup de foudre. L'adoption fut réciproque. Ils maîtrisaient l'art de manier la jeunesse indocile, et Lee n'avait pas de sœur. Je me glissais avec délice dans mon rôle, ils jouaient le leur avec conviction. D'après mes calculs, la plus petite de la bande, Beth, atteignait en pieds et en pouces l'équivalent d'un mètre quatre-vingts. Sa fille lui rendait six centimètres et Will culminait quelque part dans les nuages. Avec mes mensurations européennes, je faisais figure de mascotte. Et avec mon teint d'olive, j'apportais au groupe d'origine suédo-écossaise un salutaire contrepoint. Ils étaient blonds comme une pub aryenne. En m'installant chez eux, je retrouvais, à dix mille kilomètres et dans une autre langue, la chaleur familiale sans laquelle je ne savais pas vivre. J'appris à faire les gaufres au bacon, et leur fis découvrir la quiche et le gaspacho. Ils roulaient en Cadillac, fréquentaient des restaurants inouïs pour une petite Bourguignonne. Chez eux il y avait une piscine, un billard, un piano et des dizaines de chaînes de télé. La vie à la californienne, à la coule. Je ne doutais de rien et tentais malgré tout, entre une balade en voilier et une veillée de chansons folk, avec un sens de la nuance très relatif, de convaincre Will que le monde avait grand besoin d'être changé.

— Ce n'est pas aux femmes de se charger de cette tâche, me répondait-il.

Je partais au quart de tour.

— Et pourquoi ça ?

À cause de leur rôle biologique !

Je ne marchais pas, je courais. Quant à lui, héberger une ado trilingue et batailleuse le mettait en joie. Je tombais à point nommé. Beth et Lee ne riaient plus à ses blagues, connaissaient toutes ses chansons. Quand il annonçait *I ment to the hairdresser today, he cut my hair. Both of em.* Je me suis fait couper les cheveux aujourd'hui, les deux ! Lee levait les yeux au ciel. *Daaad !* Et Beth faisait comme si elle n'avait pas entendu. Mais moi je les étrennais et je me gondolais. Will avait trouvé l'interlocutrice idéale, une éponge avide de tout savoir et surtout une *sparring partner* aussi acharnée que lui à avoir raison. Beth et Lee finissaient par aller se coucher et nous laissaient refaire le monde. J'étais, laborieusement et sans talent, en pleine phase *Jeux interdits* avec ma guitare et je découvris en Will un musicien éclectique au répertoire inextinguible. Quand on en avait marre de s'engueuler, on chantait. Des vrais potes. À la vie à la mort.

En juillet 2000, *American Dad* va avoir quatre-vingts ans. Et à quatre-vingts ans, il ne voyage pas sans sa guitare et son coffret d'harmonicas. Cette année, pour cet anniversaire particulier, il est à Paris avec sa famille.

La mienne, au grand complet, l'attend avec jubilation. Mes parents n'ont jamais oublié comment ils accueillirent spontanément leur fille. Ils sont de ces Américains démocrates, ouverts, généreux qui font oublier même à papa les exactions de la CIA, les massacres du Vietnam et l'abjection du Ku Klux Klan. On les aime et voilà tout. Lee et moi nous mettons à la recherche d'un lieu approprié pour la célébration. Nous décidons de louer un de ces bateaux qui se proclament Yachts de Paris, que d'aucuns appelleraient promène-couillons, mais dont le commercial qui nous en fait l'éloge souligne à quel point il offre le cadre idéal pour notre objectif : dîner à bord en passant sous tous les ponts de la Ville lumière, dans un sens puis dans l'autre, miracle de l'aller-retour, sans compter les joyaux architecturaux qui jalonnent ce parcours inoubliable, et qu'il s'apprête à nous énumérer comme s'ils étaient son œuvre personnelle. Nous échangeons un regard qui n'a pas besoin d'explications : on connaît des marchands de tapis plus avares de paroles. « Ça nous paraît parfait ! » Le volubile continue à vanter son produit. Nous l'arrêtons en plein élan. « Oui, c'est d'accord ! On signe ! » Mais qu'il se taise, *for heaven's sake !*

Au jour dit, il fait un temps de rêve. Une lumière rose et doré maquille Paris façon effet spécial, nous rend tous beaux comme dans un film. Liée à la lenteur et au silence de notre embarcation, elle donne à ce moment une irréalité onirique. On a sorti les guitares, chacun y va de son petit refrain, Will apprend aux enfants à jouer aux *spoons*. On parle un sabir anglo-hispano-français propice aux approximations, on traduit dans tous les sens, mais la politesse donne la priorité à l'anglais, nos amis yankees étant monoglottes. Se sentent alors marginalisés ceux qui ne parlent pas anglais, mes parents.

Papa s'en contrefiche, il commente le paysage, monument après monument, et se soucie comme d'une guigne qu'on l'écoute ou pas, habitué qu'il est aux déclamations solitaires. Mais dans mon euphorie de trait d'union historique entre les deux familles, j'ai sous-estimé le déficit en protagonisme de maman, habituée à un statut de reine des abeilles dans nos festivités courantes. Chez nous, on trouve toujours plus de monde pour figurer sur la vidéo que pour tenir la caméra, pour prendre la pose que pour se sacrifier en jouant les photographes, et elle ne fait pas exception. Ce soir-là la compétition est rude. Ses atouts habituels, la cuisine et la tchatche, ne lui sont d'aucun secours. Est-ce pour cette raison qu'elle réclame une photo à l'avant du navire, avec les ponts en arrière-plan ? Tout le monde s'exécute, un serveur se charge d'appuyer sur le bouton. Maman au milieu du groupe. Elle aimerait, en plus, qu'on en reprenne une autre, juste avec ses enfants. Puis avec ses petits-enfants. Puis avec ses enfants et ses petits-enfants. Puis juste la famille. Non, pas les autres. Juste la famille, dans son esprit, exclut les pièces rapportées. Lesdites pièces rapportées, qui avaient déjà pris place autour d'elle façon Kate Winslet en figure de proue, plissent un peu le museau. Nous rattrapons le malaise qui se profile en vannant maman et sa *cara de foto*, ce sourire spécifique qui ne se déclenche que face à un objectif. Elle nous envoie *hacer puñetas*, en riant, mais saisit qu'il est temps de mettre fin à la séance. Elle se lève, quitte son trône. En y pensant après coup il m'est apparu qu'elle se retrouvait au point de départ, en pleine frustration. Mauvais signe. Notre inconscient a la sale habitude de s'exprimer à notre place et plus nous nous sentons impuissants, plus nous le laissons nous punir. Maman n'échappe pas à cette règle d'airain. En retournant vers la table où le dîner va être servi, elle trébuche et tombe. Nous nous précipitons pour la relever. Elle n'a rien ? Non, dit-elle, vexée d'attirer l'attention d'aussi piteuse manière. Le repas commence, entre rires et exclamations de régal. Et je finis par remarquer, peut-être par son silence même, que maman se fait toute petite, comme si elle voulait se fondre dans son siège et s'effacer à notre vue. Elle se tient bizarrement recroquevillée sur elle-même, serrant son poignet gauche contre sa poitrine, dans une attitude si douloureuse qu'aujourd'hui encore en y pensant je dois repousser l'image de toutes mes forces, elle me transperce. Maman, tu as mal ? Elle tente de nier, mais elle est d'une blancheur de craie. Ça peut attendre, prétend-elle. Je la connais assez pour savoir qu'en plus de la douleur, elle se sent mortifiée d'avoir finalement joué les premiers rôles, mais pas comme elle l'aurait voulu. Son calvaire s'éternise, on n'arrête pas à la seconde un Yacht de Paris. On finit par accoster, et la débarquer avec mes frères, qui foncent aux urgences de l'Hôtel-Dieu. La fête est terminée, dans les flamboyances du soleil couchant et une certaine qualité de consternation. Elle s'est fracturé le poignet gauche. On l'a plâtrée non seulement jusqu'au coude mais jusqu'à la fin de l'été. Son *Titanic* à elle.

Première alerte, trois ans avant l'infarctus, mais nous n'en savions rien. Je sais aujourd'hui que ses os étaient devenus friables, fragiles infiniment. Sans doute son généraliste, qu'elle adorait, préférait-il exercer son espagnol avec elle, deviser sur Tolède et les villages andalous, que prévenir l'ostéoporose. Nous on l'appelait Knock, on voulait qu'elle en change. Elle refusait. Pour une fois qu'un médecin avait de la conversation, elle n'allait pas en plus lui demander d'être compétent…

Incisive

Octobre 2006

Notre mémoire dispose de vaillants petits assistants qui assurent notre hygiène mentale. Ils nous débarrassent des scories qui risqueraient de nous compliquer la vie si bien que, quand nous fouillons notre passé à la recherche de ce qui s'y cache, nous nous heurtons à des blocs opaques. Nous ne savons pas pourquoi nous oublions, mais notre instinct de conservation doit avoir ses raisons. La santé de maman n'a pas semé de cailloux blancs pendant les deux années qui suivent. Pas d'accident majeur, pas d'hospitalisation, pas d'anesthésie générale. Rien qu'une attention et une préoccupation de tous les instants, pour chacun d'entre nous, qui fait désormais partie de nos jours et nous use petit à petit à la manière dont le vent finit par éroder les roches les plus solides. Maman, si longtemps notre pierre d'achoppement, est devenue celle dont on s'occupe, dont on s'inquiète en permanence. Elle ne se fait plus confiance, ne sort plus toute seule. Elle ne va plus faire les courses avec papa, que plus personne ne surveille dans ses explorations des supérettes. Le laboratoire d'analyses se déplace pour les prélèvements de sang et autres opérations d'entretien. Nous l'accompagnons partout, chez le coiffeur, le pédicure, le dentiste, l'oculiste et, évidemment, le cardiologue. Quand aucun d'entre nous ne peut se libérer pour un rendez-vous, ça finit par ressembler à une opération commando. Je me souviens d'un scanner ou une panoramique dentaire, ou autre exploration nécessaire et technologique, qui ne peut se faire qu'en plein Paris, à une adresse ingarable. Rémi passe la prendre à la maison et la pose pile devant moi, postée sur le trottoir. Je la prends sous le bras et nous marchons jusqu'au cabinet. J'attends avec elle jusqu'à l'arrivée de Gonzalo, et je m'en vais. Il assiste au rendez-vous et la raccompagne dans la rue. Rodrigo, garé en double file, prend la relève. Maman n'arrête pas de s'excuser : « Je vous embête tous. »

Mais elle ne peut guère cacher sa satisfaction. Elle vit ces expéditions comme une petite fête. Ses accidents de parcours se lient à ces moments gratifiants, offrent une compensation immédiate à ses écroulements. Elle voit notre solidarité comme un succès personnel. À juste titre.

Son corps a pris la déplorable habitude de la trahir, mais son cerveau lui reste fidèle. Elle se tient au courant de l'état du monde, reste préoccupée par les éternelles violences et calamités, ne s'habitue pas. Je ne l'ai jamais, pas une seule fois, entendue relativiser les choses, dire que la violence est constitutive de l'être humain, qu'elle a toujours existé et existera toujours. Elle n'a jamais vu que le côté individuel des grandes catastrophes, l'impact sur chacun, et ne l'a jamais accepté. Les grandes théories, les fins qui justifient les moyens ne l'intéressent pas. Pour elle, une seule chose compte : que chaque enfant qui vient au monde ait les mêmes chances. Sa révolte contre l'injustice ne s'émousse pas. Ses enthousiasmes non plus. Elle devient fan de Nadal et de Michelle Bachelet. Suit au plus près ce qui se passe en Espagne. En discute pendant des heures pour peu qu'elle trouve une oreille attentive.

Pas d'accident majeur. Mais du menu fretin en abondance. Mon père appelle. Ta mère est tombée. Un précipice s'ouvre en moi.

— Où est-elle ? Tu as appelé les pompiers ? Elle s'est cassé quelque chose ?

— Si tu me laisses en placer une… Elle n'a rien, juste des bleus, mais elle s'est cassé une dent.

— J'arrive !

Elle est assise, se lève pour m'accueillir. Elle a des cernes presque noirs, le visage couvert de bleus. Elle retrousse sa lèvre supérieure. Une de ses incisives, ses si belles dents intactes encore, est cassée à mi-hauteur et cette absence lui donne une expression pathétique.

Mon âme tombe à mes pieds. Oh non, maman, pas tes dents. Si parfaites, si blanches. Je les ai tellement admirées, toujours. Tu exposes, sur ton incisive indemne, une petite tache plus blanche encore. Et symétriquement, une tache de rousseur, comme tombée de ta joue, décorait l'incisive opposée, celle qui a cassé. Point blanc, point blond, si jolis. Mes points cardinaux. Faut-il que tout s'abîme, que tout disparaisse ?

Ce que j'ai retenu pendant des mois et des mois m'échappe et je fonds en larmes devant elle. Exactement ce que je cherche à éviter depuis le début. Je sanglote, je n'arrive pas à m'arrêter. Elle vient vers moi, m'enlace. *« Hija mía, no pasa nada… »* C'est elle qui me console. C'est la meilleure. Je la regarde, pour essayer de m'habituer à sa face de fête foraine. Stupéfaite, je m'aperçois qu'elle me fait un large sourire. Comme si elle voyait dans mes larmes un signe d'amour, d'angoisse, qui la réconforte. Je prends conscience qu'à vouloir dissimuler mon inquiétude, j'ai par la même occasion caché à quel point je tiens à elle. Nous avons tous besoin d'être rassurés, même maman. Je la serre dans mes bras. Une expédition de plus en perspective.

Elle tombe régulièrement. Se blesse. Un jour elle se foule un orteil, et il faut le lui amarrer aux autres jusqu'à ce que ça se ressoude. Un autre, elle s'explose le cuir chevelu, met du sang partout et fait à papa une peur bleue. Puis elle se plaint qu'elle n'y voit plus. Elle a des yeux de pilote de chasse, a mis au monde quatre myopes, et ignore ce que signifie une mauvaise vue. Je l'emmène chez l'ophtalmo, qui, bien entendu, ne s'adresse qu'à moi. Il lui fait lire une feuille avec des textes de plus en plus petits, avec et sans lunettes. Elle déchiffre tout. Une certaine incompréhension apparaît sur la face du spécialiste. Il décide de lui faire lire le panneau accroché au mur. Je me trouve à mi-chemin entre elle et les lettres. Elle les lit toutes, même les plus petites, alors qu'avec mes lentilles je bloque à l'antépénultième.

— Dis donc, maman, qu'est-ce que tu entends au juste par je n'y vois rien ? Tu y vois mieux que moi !

— Peut-être, mais j'y vois moins bien qu'avant…

En sortant, elle me confie :

— Tu sais, je crois que je commence à vieillir.

— Il me semble que c'est une hypothèse qu'il faut envisager.

Pourrain

Printemps 2007

Je reçois un coup de fil de Lee. Notre budget téléphone atteint des sommets himalayesques, mais comme elle dit, ça revient moins cher qu'un *shrink*, un psy. La conversation tourne très vite autour de la santé de nos parents. Ni l'une ni l'autre n'avons d'enfants pour nous distraire de notre fonction assumée de fille idéale qui en a parfois gros sur la patate. On fait mine de prendre le sujet à la légère, il ne faudrait pas que nous finissions en larmes toutes les deux, à dix mille kilomètres de distance.

— Je viens de comprendre pourquoi il faut arriver si tôt dans les aéroports…

— Le terrorisme, non ? Des fois que tu caches une arme létale dans ta pince à épiler ?

— Pas seulement ! J'ai emmené mes parents à Hawaï. J'avais compté large. On est arrivé à LAX trois heures avant le départ, on a failli rater le vol. Entre la vitesse à laquelle ils marchent, le temps qu'il leur faut pour piger les procédures et, une fois qu'ils ont compris, s'exécuter, j'ai tellement rongé mon frein que j'ai frisé la crise cardiaque ! Il ne m'est pas resté une minute pour acheter un magazine !

— T'as raison, ils se dépêchent tout le temps, ils n'ont le temps de rien.

— Entre les opérations de la cataracte, les appareils auditifs, les taux de diabète et la surveillance des mélanomes, ils sont plus *busy* qu'à l'époque où ils étaient en activité.

— La vieillesse est un job à plein temps.

Je lui raconte comment ma mère a passé quelques jours à l'hôpital en observation.

— Depuis quelque temps, elle était tout anémique, toute ramollie, se traînait comme une âme en peine, vidée de toute énergie, lessivée… Bref, sa toubib a décidé qu'il fallait y voir de plus près, et en route pour l'hosto ! Une fois de plus ! On est rodés maintenant…

— Oui, je connais, on a tout sous la main, le dossier médical, la trousse de toilette, le chargeur de téléphone au cas où l'attente s'éterniserait…

— D'après ses analyses, elle n'avait plus de fer dans le sang… Ils ont décidé de la garder pour la transfuser. Tu sais, en France, il y a eu une sombre affaire de sang contaminé, le mot transfusion a une connotation funeste… Maintenant il est réchauffé, mais ça donne des sueurs froides de penser aux malchanceux qui y ont laissé leur peau. D'après le médecin, c'est fini ce temps-là. Il se trouve que c'est Beni qui est arrivée en premier, en fin d'après-midi. Tu la connais, on n'a pas le même code génétique ! Nous, on ne commence à envisager le pire que quand il a déjà eu lieu. Elle, elle pense au pire d'abord, elle est de la race des sauveurs.

— Peut-être pour conjurer le sort.

— Quand elle est entrée et qu'elle a vu maman, assise sur son fauteuil, complètement larguée et couverte de sang, le visage et la poitrine maculés, partout, même dans les cheveux, une vraie scène de crime, tu sais ce qu'elle a pensé ?

— Un attentat terroriste ?

— Qu'elle s'était fait poignarder par un dingue, faut dire qu'il y a un asile de fous juste à côté…

— Quelle horreur !

— Attends ! Ma mère la voit, sort de sa léthargie et se met à crier : « Ah ! Enfin ! *¡ Hija mía !* Heureusement que tu arrives ! Je ne sais pas ce que je fais là ! Sors-moi d'ici ! »

— Il était arrivé quoi ?

— En fait, on sait pas trop. Ils l'ont laissée toute seule, aiguille fichée dans le bras, poche suspendue hors de sa vue, avec la consigne de ne pas bouger. Elle, ne pas bouger ! Autant demander à une fauvette de se mettre au yoga. Ce qui est sûr, c'est qu'ils lui avaient rien expliqué… Ils sont toujours pressés, dans les hostos, et les vieux, c'est ce qu'on disait tout à l'heure, il leur faut le temps de comprendre.

— Mauvais calcul, après on perd plus de temps à réparer les dégâts que ce que ça aurait pris d'expliquer.

— Peut-être a-t-elle voulu s'en aller, tu sais, c'est son activité favorite, elle tourne les talons et elle s'en va. Elle a horreur de se sentir enfermée. Ou elle a juste voulu aller aux toilettes, tu te souviens qu'elle avait fait le coup après l'infarctus…

— Ou bien les premières gouttes de sang frais lui ont fait l'effet d'un shoot de substances illicites ?

— Le fait est que la machinerie s'est débranchée, le goutte-à-goutte s'est écoulé sur elle. En tout cas, elle avait un look à affcler Dracula en personne. Elle était aux urgences, derrière une vitre, et personne ne s'en est aperçu…

— Et maintenant ça va ?

— C'est ça le plus incroyable ! Ça lui a fait un effet inouï ! On s'en est rendu compte dès son retour. Elle pète le feu ! Elle court partout, elle veut partir en vacances, elle se marre tout le temps, elle est même gentille avec papa…

— Tu sais quoi ? C'est bientôt l'été. Combien nous en reste-t-il avec eux ? Combien de temps avant que nous ne tournions orphelines, l'une et l'autre ?

— Je sais, j'y pense tout le temps.

— Si nous le passions ensemble ? On loue quelque chose ? Une villa, un truc sympa ?

— Tu sais, maman ne peut pas trop voyager…

— On n'a pas besoin de s'éloigner ! Évalue combien de temps elle peut supporter un trajet en voiture, calcule la distance correspondante et trace un cercle autour de Paris, tu vas bien nous trouver un coin cool…

En deux temps trois mouvements, nous fixons le cahier des charges. Il risque de ne pas faire beau à deux heures de Paris, mais l'essentiel n'est-il pas de se retrouver ? Il nous faut de quoi héberger une vingtaine de personnes dont quatre octogénaires. Il nous faut du plain-pied, pas de marches, des douches plutôt que des baignoires. Will et papa peuvent s'accommoder facilement, mais Beth et maman sont très fragiles. Les McKay dorment ensemble, mais ça fait belle lurette que les légendaires ronflements de mon père ont servi de prétexte à mes parents pour faire chambre à part. Je finis par trouver la perle rare. Elle n'est pas immense, il faudra se serrer un peu, mais deux chambres au rez-de-chaussée répondent aux critères. Papa ira donc au premier. La maison a une piscine, et elle se situe à Pourrain, dans le village même où, enfants, nous venions dans la maison de campagne de ma grand-tante, morte depuis longtemps. J'y vois un signe. De quoi ? Je ne sais pas. Mais un signe, sûrement. De bonnes vacances, quoi d'autre ?

Quelques jours avant le départ, j'appelle maman. Nous sommes le 3 août. Papa décroche. Au bout de trente secondes, comme d'habitude, il dit :

— *¿ Qué quieres, hablar con tu madre ?*

Qu'est-ce que tu veux, parler à ta mère ? Oui, c'est ça. Mon coup de fil quotidien, à moi comme aux autres. Ça lui fait quatre coups de fil par jour, à maman, pour tromper son indéniable solitude… On parle de choses et d'autres, des préparatifs, elle a mille choses à faire. Je raccroche enchantée de l'entendre aussi gaie.

Je me recolle devant mon clavier, la ligne fixe rappelle… J'attends de savoir qui c'est… C'est maman, guillerette :

— Allez, décroche, c'est moi…

Elle attendait que papa ne soit pas là pour me dire.

— Figure-toi que lui aussi prépare ses affaires…

Elle l'a surpris concentré, attentif… en train de coudre un de ses pantalons !!! Et la voilà tout émue, toute momolle, toute tourneboulée, elle qui depuis si longtemps ne s'adresse à lui que pour l'engueuler et il ne répond que par l'insondabilité de son silence… Elle l'a trouvé trop mignon, émouvant. Depuis deux ou trois jours, me dit-elle, elle s'efforce de lui parler gentiment, dans le contexte de préparation des vacances, ils font leur valise… Moi, au bout du fil, aussi émue qu'elle, parce que papa coud. C'est bête, hein, l'émotion, ça vient vous cueillir au moment inattendu, quand l'esprit est ailleurs, dans les dates, les plannings et tout ça… Je le vois d'ici. Ses grosses mains si malhabiles, si raidies par des années de fraisage et de tournage, pas de films, hein, de pièces métalliques pour l'industrie, ça n'affine pas les jointures. Depuis plusieurs années, il s'efforce d'être autonome, repasse ses chemises, fait tourner les machines à laver. La révolution culturelle est passée par là, sans bruit, juste dans le sentiment qu'il n'y a pas de raison de laisser à quelqu'un d'autre l'entretien de sa propre personne. Mon petit papa à moi jouant les cousettes, assez honnête intellectuellement pour se remettre en cause dans ses comportements les plus ataviques. Pourquoi suis-je émue aux larmes ? Le contraste, sans doute, entre l'image paternelle de combattant volant au-dessus des contingences matérielles, même planter un clou il sait pas faire, et sur le tard se prenant en charge sur des petites choses quotidiennes… Par fierté, par orgueil, seul et libre face à son ourlet. Besoin de personne. Papa… Tant de dignité, toujours. Ça me rappelle la fin de *Germinal*, quand la mère de la famille, après la grève où elle a perdu son mari, sa fille et tout espoir, redescend à la mine dans des habits d'homme trop grands pour elle. Ça n'a rien à voir rationnellement, mais affectivement, c'est la même émotion, le même décalage… Quelques phrases de maman et me voilà récompensée de toute cette organisation des vacances, quand je me demande parfois pourquoi je me lance dans de telles complications… J'ai raison de faire ça… Les vacances, c'est dans trois jours.

Quiconque trouve les romanichels extravagants de bagagerie n'ont jamais vu des Américains en goguette. Nos huit invités arrivent dans deux énormes voitures louées à l'aéroport et remplies à ras bord. Il y a même une chaise roulante pour Beth, qui doit être opérée d'un genou prochainement. Congratulations, embrassades. Nous transvasons le contenu des véhicules dans la maison. La moitié du chargement se compose de cadeaux et l'autre de médicaments. Avec le temps, les Yankees ont cessé de voyager avec du papier toilette et des savonnettes, mais il reste de la marge. Avant que la nuit tombe, tout le monde est installé. Il pleuviote, nous décidons d'ignorer la piscine et de nous consacrer à un apéritif dignement pourvu en tapas. Les habitudes reprennent spontanément, comme il y a sept ans. La vie est belle. Lee et moi trinquons à notre efficacité. On va pouvoir se convertir en organisatrices de colos ! Spécialisées en vaillants octogénaires ! Ai-je oublié que les mêmes causes produisent les mêmes effets ? Tout à mon euphorie, ai-je négligé maman, Lilliputienne parmi les géants, qui se tient dans son coin, souriante et isolée, buvant son Martini à petites gorgées ? J'espère que non. Elle adore les McKay. À ses yeux, ils sont sacrés. Mais pour une ceinture noire de tchatche comme elle, il est rageant de si mal communiquer.

Puis tout le monde va se coucher. Nous accompagnons maman dans sa chambre, douillette et rassurante, réchauffée par une jolie lumière. Nous allons l'embrasser, lui souhaitons bonne nuit après avoir bien vérifié qu'elle a tout ce qu'il lui faut, ses pantoufles bien rangées au pied du lit, une bouteille d'eau, un verre. Elle a pris ses médicaments, on lui a fait répéter le parcours jusqu'à la salle de bains, juste à côté, et bien fait repérer l'interrupteur de sa lampe de chevet. Avec Rémi, on la borde, on la cajole. Elle chuchote :

— Je voudrais que quelqu'un dorme avec moi…

C'est moi qu'elle regarde, maillon faible bien connu. Ma sœur répond, doucement mais fermement :

— Non, maman, tu vas être très bien. À demain.

Maman n'insiste pas. On la laisse dans l'obscurité.

— *Hasta mañana, hijas.*

— *Hasta mañana, bonita.*

Dans le couloir, on commente à voix basse.

— On aurait peut-être dû, pour le premier soir, non ?

— Tu sais bien que si on le fait une fois, on va le faire tout le temps.

— Mais elle a peut-être peur.

— Sûrement, même, mais franchement, si on met le doigt dans l'engrenage, on va pas s'en sortir, elle fera le coup tous les soirs. Ton amoureux te fera la gueule et il aura raison.

— Mais tu n'as jamais laissé tes enfants avoir peur et elle non plus, elle ne nous a jamais laissés avoir peur.

— Elle n'est pas un bébé. Ça devrait être à papa de dormir avec elle, et tu sais que c'est hors de question. En tout cas, ce n'est pas à nous de le faire, tu ne crois pas ?

Elle fait sa fortiche, mais je sais qu'elle doute, comme moi…

— Tu as sans doute raison.

— Ne t'en fais pas, ça va aller…

Nous n'avons pas fini de le regretter.

La maison s'éteint. Je dors profondément quand un cri me réveille.

— *¡ Me he caido !* Je suis tombée !

J'entrevois immédiatement une catastrophe, essaye de me convaincre que je rêve. Non. J'ai bien reconnu la voix. Il est quatre heures du matin. Je tâtonne dans cette maison que je ne connais pas, je descends les marches, et je la vois. Assise par terre, les cheveux en bataille, l'air totalement perdu, catastrophée, elle répète :

— Je suis tombée ! Je me suis cassé quelque chose.

Non, s'il vous plaît, faites que ce ne soit pas vrai.

— Maman, qu'est-ce que tu fais là ?

Elle a l'air perdue et coupable, sa vulnérabilité déchire le cœur.

— Je cherchais la salle de bains !

Elle n'a pas allumé, s'est trompée de côté et a buté sur la seule et unique marche de tout le rez-de-chaussée, à l'autre bout de la maison. Elle a mal au bras. J'ai compris. Je commence par appeler les pompiers, réflexe. Yann apparaît en haut des marches. Lui aussi a compris. Il va s'habiller. Je relève maman, je l'assieds, je lui donne à boire. Elle est totalement décontenancée, me dit de retourner me coucher, elle va se débrouiller maintenant. Non, maman, les pompiers vont venir, il faut qu'on sache ce que tu as... Les pompiers ? Je monte m'habiller moi aussi, en attendant leur arrivée. Je redescends avec Yann, qui a le bon goût de ne pas me dire ce qu'il pense et qui se montre solidaire quoi qu'il arrive. Il sort ouvrir les grilles. Et moi, je regarde maman, assise comme une petite fille, triturant son mouchoir, avec l'air d'une enfant prise en faute. Elle ne se plaint pas. Je la prends dans mes bras, puis nous retournons dans sa chambre, je l'aide à s'habiller avec mille précautions. Chaque mouvement de son bras droit lui arrache un gémissement. Je la coiffe tout doucement, à chaque coup de peigne je pose un baiser sur son front, comme elle faisait autrefois. Je lui recouvre les épaules d'une veste. Ça va aller, maman. Un clignotant jaune hyperpuissant darde bientôt ses flashes orangés dans tout le village. Façon Las Vegas. Beaucoup de lumière, et la misère derrière. Les pompiers font leur entrée, maman les regarde de travers. Elle redoute la suite des événements. Ils sont trois, jeunes et souriants. Ils connaissent leur job, rassurent maman, lui parlent doucement tout en consultant son dossier et en lui expliquant posément ce qu'ils font, vérifier son cœur, sa tension, son pouls, et ce qu'ils s'apprêtent à faire, l'emmener à l'hôpital pour faire des radios. Adorables, absolument. Ils réussissent à lui donner un semblant de sérénité. Un semblant seulement.

— Ne me laisse pas toute seule !

— Tu plaisantes ? Je peux monter avec elle dans l'ambulance ?

— Aucun problème.

Yann nous suit en voiture, pour qu'on puisse revenir. Je m'installe avec elle, je serre sa main dans la mienne, je lui caresse le dos, je la dorlote, je fais des commentaires sur nos jolis chauffeurs. Elle rit. Finalement, elle a eu gain de cause, je lui tiens compagnie…

Arrivée nocturne dans une de ces débauches de néon dont on a le secret dans les hôpitaux et qui par un mystère insondable arrivent à produire une tristesse grisâtre et finalement obscure. Le service d'urgence quasi désert donne envie de se pendre, ne serait-ce que pour fournir un peu d'animation aux quelques quidams qui remâchent leur frustration de se trouver de service alors que leurs collègues se la coulent douce au soleil. Les pompiers transmettent, puis partent après avoir installé maman sur une chaise roulante. Et on attend. C'est long, mais elle ne s'impatiente pas. Je sais très exactement ce qu'elle pense. Elle fait profil bas, doit remâcher un sentiment d'échec qui vient sédimenter un très vieux fond. Elle était l'élément dynamique qui prenait soin des autres, la voilà montée sur roues, trimballée comme un paquet, en attendant de savoir quelle partie de son corps a cédé cette fois-ci. Je lui chuchote des bêtises et elle a la courtoisie de faire comme si elle me trouvait drôle. Que tu es gentille, maman, presque autant que chiante. Nous voilà beaux, tous les trois, au milieu de ce hall sinistre, autant tenter d'en rire. Regarde, maman, c'est pour toi le beau gosse ! Un type nonchalant, d'une humeur assortie au décor, l'embarque vers la radiologie. En s'éloignant, elle se retourne vers nous et nous fait une grimace qui signifie oulala, je grille d'impatience, il me tarde d'en savoir plus, elle souligne d'un salut type reine d'Angleterre, *wrist, wrist, elbow, elbow…* De la main gauche. Clown un jour, clown toujours. On nous la ramène peu après, et l'attente recommence, cette attente spécifique des hôpitaux qui donne au patient, le bien nommé, l'impression d'avoir subitement disparu de la surface du globe. On ne croise pas un regard, on ne sait pas ce qui se passe, ni ce qu'on attend, des blouses blanches passent comme des zombies, concentrés sur des tâches mystérieuses qui vident leurs yeux de toute expression. Vers cinq heures du matin, un silence particulier se pose sur ce qui n'est pas encore le jour et plus tout à fait la nuit. Dans le hall impavide de l'hosto, entre skaï et néon, on se perd dans des pensées lugubres. C'est une heure sans lumière, sans mystère. Sans rien. L'heure sans doute où, à bout de tout, on décide d'en finir. L'heure où, dans les maisons de retraite, les vieux s'éteignent dans l'oubli.

Finalement, un humain avec un stéthoscope en guise de collier fait son apparition. Il porte à la main un document surdimensionné. Un médecin avec une radio, déduis-je brillamment. Il s'avance vers nous et je le trouve merveilleux parce qu'il nous gratifie d'un sourire, un vrai. Il pousse la sympathie jusqu'à s'adresser directement à elle. Je lui fais une bise mentale.

— Madame, vous n'avez pas fait les choses à moitié ! Vous avez une double fracture ! Le radius et le cubitus ! Voyez, c'est bien net, hein ? Bien cassé !

Maman secoue la tête :

— C'est le pompon.

Il rit, elle n'est pas mécontente de son effet. Ce qui suit n'a rien de réjouissant : elle va être plâtrée, bien sûr, mais avant il faut lui mettre une broche ou je ne sais quelle barbarie avec des vis, des écrous, de la ferraille qui retiendra ses pauvres petits os tout merdiques. Et pour ça, il faut l'opérer. Anesthésie locale, mais anesthésie quand même. Ils la gardent. Je commence à soupçonner qu'il se pourrait bien que le reste des vacances, c'est-à-dire toutes les vacances, ne corresponde pas exactement à l'idée que je m'en faisais. Et qu'il se pourrait bien aussi que maman n'ait pas fini d'en baver. Mes souvenirs de cette nuit s'arrêtent là. J'ai beau remonter le film et me le repasser, il s'arrête au moment où je décide de rester avec elle et renvoie Yann à la maison. Dis à Gonzalo qu'il vienne me relayer plus tard, mais ne lui mets pas la pression, je sens qu'on va avoir besoin de toutes les énergies. Mon frère arrive vers midi, et je rentre à ce moment-là. Ce que j'ai fait avec maman pendant ces quelques heures suspendues dans le néant, ce que je lui ai dit, ce qu'elle m'a répondu m'est complètement sorti de la tête, a sombré comme un rêve, ou un cauchemar. Quand je rejoins la bande, ils sont à peine levés, les Américains jetlagués et les autres juste flemmards. La nouvelle se répand que je viens de passer la nuit à l'hôpital et que maman attend d'être opérée. Je m'assieds à la table du petit déjeuner et raconte les détails. Les Américains n'ont rien entendu, et rien vu du festival lumineux des pompiers. Ils dormaient comme des sonneurs. Ils hallucinent, sont désolés. S'il nous a entendus, papa s'est bien gardé de réagir, a préféré ne pas s'en mêler. Je tente une plaisanterie sur le fait que si ma mère se casse un nouveau bras chaque fois qu'ils viennent, je suis contente de ne pas être la fille d'une pieuvre. Ça tombe à plat. Peut-être parce que ça n'est pas drôle. Nous changeons de sujet et embrayons sur la météo. Il n'a pas arrêté de bruiner depuis notre arrivée, ça promet. Pour les Californiens, la pluie constitue une sorte de miracle, une bénédiction. Lee se déclare enchantée.

— Si ça dure trois jours, tu risques de trouver ça moins marrant, je t'assure…

Mais ils n'en démordent pas. Une maison bourguignonne, avec un vrai prunier qui croule de fruits et des vraies vaches dans le pré voisin, ça les change des plages de Santa Monica et du panneau géant Hollywood. Même si maman à l'hosto, ça gâche la perspective, faut reconnaître.

Quand je retourne à l'hôpital en fin d'après-midi, elle a été opérée. Sous anesthésie générale. Plavix ou pas Plavix, pour eux ça ne fait aucune différence. Je proteste. Mais on m'avait dit…

— On a changé d'avis, voilà tout. L'opération était plus compliquée que prévu.

Je soupçonne qu'on me cache quelque chose, mais les hôpitaux c'est comme le loto. On tombe rarement sur le bon numéro. Je sens que nous avons eu affaire à une sensibilité rurale, spécialisée dans le raccommodage approximatif de l'ouvrier agricole broyé par une moissonneuse-batteuse-lieuse. Peut-être est-ce un effet de mes préjugés, mais on se sent loin ici de l'Hôpital américain de Neuilly. L'été, l'établissement fonctionne au ralenti, il ne reste que des chambres doubles. La voisine de maman, une toute jeune fille de dix-sept ans, qui vient de perdre son bébé, qu'elle voulait apparemment garder, somnole. Je les regarde toutes les deux, la fraîcheur et la tristesse de l'une. La fatigue et la rage de l'autre. Deux femmes aux extrémités de leur parcours. Le petit corps qu'on devine parfait, la peau lumineuse, la frimousse de celle qui a failli devenir mère. Et celle dont la maternité a fini par constituer toute la vie, à force d'ailes rognées et d'ambitions cassées. Maman garde un très beau visage, très peu marqué, avec pour seules rides les marques de ses sourires. Son corps a morflé davantage, porte les stigmates de décennies de combat permanent. En fait, comme celui de sa voisine, je ne fais que le deviner. Je n'ai jamais vu le corps de ma mère et n'ai jamais cherché à le voir. Il me semble qu'il doit rester inaccessible, sacré. Il ne doit pas être vu, parce que, précisément, c'est le corps de ma mère. Je crois que j'en ai une trouille bleue. Si je le voyais, j'aurais cassé quelque chose qui n'a pas de nom et ma mère ne serait plus tout à fait ma mère. Maman a la pudeur de sa génération, et moi qui n'en ai aucune pour moi, j'en ai pour elle. Un mélange de crainte et de respect. La voir nue serait la profaner. Ou bien j'ai peur de ressentir à la vue d'un vieux corps un dégoût qui me ferait honte.

À son retour tout le monde lui fait la fête, et tant qu'on y est, on en fait une pour célébrer sa réintégration en milieu vacancier. Elle a le bras en écharpe, le plâtre remonte au-dessus du coude. C'est lourd et inconfortable, ça lui scie le cou. Gonzalo l'installe au mieux dans un fauteuil. Il a choisi pour elle le meilleur *spot* de la pièce, tout gravite autour d'elle, comme il sied à son rang.

— Maman ! Te voilà manchote, comme Cervantes ! On va s'occuper de toi !

La manchote fait un sourire de lapin. On sert à boire, on picore des tapas et en avant la musique. Les enfants assurent l'animation avec le sens de la *juerga* que nous avons tous hérité d'elle. Ils ont préparé des surprises. Les fils de Rodrigo, que nous n'appelons jamais autrement que comme mon père les a rebaptisés, Carchopos et Gurriato, animateurs dans l'âme, assurent le lever de rideau. Sans rideau, puisque nous sommes dans le salon, devant la cheminée. On entend le célébrissime : « Silonce ! Silonce ! Rabbi Jacob elle va danseï ! » Et ils apparaissent, bras dessus bras dessous, bondissants et synchrones, ils connaissent le film par cœur, leur numéro est au point. Triomphe. Ma mère se dilate de fierté. Les petits de ma sœur, qui pour les mêmes raisons portent les noms de Picota, la fille, et Potolones, le garçon, ne s'en laissent pas conter par leurs grands cousins, et entonnent le *Shah shah persan*, des Frères Jacques, avec chorégraphie incluse.

Puisque la vieille Europe le prend sur ce ton, l'Amérique relève le défi. Des Californiens, dépositaires de l'image d'Hollywood, ne sauraient se laisser impressionner. La culture du show leur coule dans les veines. Comme dans beaucoup de familles américaines, les McKay jouent tous de quelque chose, et Will fait partie d'un *jazz band* depuis qu'il a cessé de travailler. Il domine l'art des pionniers, qui consistait à improviser des instruments de musique avec les accessoires quotidiens de l'époque. Une planche à laver, des dés à coudre, des cuillers, une bassine et un manche à balai ajoutés à sa guitare et ses harmonicas, et il joue les chefs d'un orchestre qui n'a rien de philharmonique, mais qui peut accompagner n'importe lequel des morceaux de son insondable répertoire, de *Coney Island Washboard* à *San Francisco Bay*, en passant par *The Battle of New Orleans*. Tout le monde s'y met, le résultat est fracassant. Papa a trouvé un tambourin dans la décoration d'une des chambres, il donne une touche ibérique à la cacophonie.

Nous n'avons pas dit notre dernier mot. Il ferait beau voir que les Ibères, pros de la fiesta, ne la ramenassent point. Nous exécutons, c'est le mot qui convient, l'un des duos les plus célèbres de la *zarzuela*, celui de Susana et Julián dans *La Verbena de la Paloma*, avec cette caractéristique qui fait notre spécialité : les filles vocifèrent le rôle du *chulo* et les garçons tonitruent celui de la belle. La qualité de notre prestation confirme qu'il est heureux que le premier voisin se trouve à une distance phoniquement inaccessible. Maman, à la loge d'honneur, shootée par des calmants, a oublié son plâtre. Elle jubile, s'attendrit et plastronne tour à tour. Elle nage dans la satisfaction de contempler sa famille à elle, qu'elle a faite presque toute seule. Nous aussi, on nage, une fête estivale ne saurait finir autrement. On soulève maman sur son siège, les garçons l'emmènent façon chaise à porteurs sous le prunier et un parapluie, pour lui organiser une vue imprenable à l'abri de la bruine qui se fait discrète mais n'a pas cessé. L'éclairage du jardin fait briller les gouttes des arbres comme des guirlandes de Noël, et les fleurs semblent porter des colliers de perles. Cet admirable décor nous voit finir dans la piscine, en vrac. Concours de plongeons, éclaboussures et démonstrations de natation qui n'a de synchronisée que l'intention. Il ne manque plus qu'un feu d'artifice pour que la soirée soit complète, mais quand bien même nous y aurions pensé, la météo aurait douché notre enthousiasme. Soudain notre sang se glace. Quelque chose brille dans l'obscurité, au-delà du grillage. Quelque chose qui nous observe. Des yeux. On pense tous à la même chose. À *Délivrance*. Le film. Une embuscade d'autochtones, armés jusqu'aux dents. Ils vont nous faire la peau, nous farcir de plomb et nous jeter dans une fosse à purin. Ils supportent pas les étrangers, c'est bien connu. Or plus étrangers que nous, faut être martien. N'écoutant que son courage, Carchopos, top réflexe, leur braque une torche électrique au visage. À la gueule, plutôt. Les vaches du voisin, nanties de leur veau, curieuses et éberluées, se sont agglutinées le long du grillage et ne perdent pas une goutte du spectacle aquatique international inespéré sous ces latitudes. Elles posent sur nous leur doux regard à la vivacité légendaire où semble percer comme de la joie, et même une forme d'applaudissement bovin. Enfin, un peu de distraction pour nos amies laitières ! On se sent un peu ridicules, mais on aime mieux ça, franchement. Du public, c'est tout ce qu'on demande !

On s'incline, on salue, on fait la révérence à ces compagnes séculaires de l'humanité, généreuses, fécondes et modestes. Maman hurle de rire. Parce qu'elle sait qu'il y a un grillage. Elle a toujours eu peur des bêtes à cornes. Merci les ruminettes !

L'état de grâce ne dure pas. Un tel charivari ne constituait sans doute pas la meilleure thérapie pour une convalescente estropiée. Un bras immobilisé, surtout le droit, limite d'autant plus l'autonomie de maman qu'elle fait de moins en moins confiance à sa souplesse, à sa capacité à rattraper un faux mouvement. Depuis le col du fémur de sinistre mémoire, elle est devenue précautionneuse dans ses déplacements. Dès le lendemain matin, nous prenons conscience que nous avons mangé notre pain blanc. Et elle aussi. Impossible d'ignorer la difficulté de ce qui nous attend. Nous allons devoir la faire manger, lui beurrer ses tartines, lui couper sa viande, l'aider à s'habiller et se déshabiller. La voilà totalement dépendante, comme un avant-goût de ce qui nous attend, un jour ou l'autre. Or son bras ne donne pas seulement dans l'immobilisme, il se révèle aussi atrocement douloureux. Elle a beau prendre scrupuleusement les comprimés prévus, elle souffre. N'arrive pas à trouver une position confortable. Elle est d'une humeur de dogue, qui s'accentue à mesure qu'elle fait l'inventaire de ce qu'elle ne peut plus accomplir sans aide. À peu près tout. Au début, elle résiste. Accepte à reculons l'assistance alimentaire, arrive même à en plaisanter. Mais elle bataille avec la dernière énergie pour se laver seule, aller aux toilettes seule. Quand Rémi et moi essayons de l'aider, elle nous engueule. Carrément. Du jamais-vu.

— Mais laissez-moi tranquille ! Vous ne voyez pas que vous me gênez ? Vous ne comprenez rien ou quoi ? *¡ Dejáme que me muera de una vez y ya !*

Laissez-moi mourir une fois pour toutes. Interloquées, nous ne savons même pas comment réagir. Jamais elle n'a évoqué sa mort. Nous tentons de nous adapter. De la raisonner, de lui expliquer que nous ne voulons que l'aider. En pure perte.

— Vous pouvez m'empêcher d'avoir mal ?

— Non, bien sûr, maman.

— Alors allez vous baigner, vous promener ou ce qui vous passe par la tête, et fichez-moi la paix !

La puissance de tir d'une octogénaire pas contente, surtout quand c'est ta mère, est impossible à contrer. Nous devons la ramener à l'hôpital, peut-être y a-t-il quelque chose à faire. Elle rechigne, n'accepte qu'à la condition que nous lui promettions de ne pas la laisser là-bas. Nous arrivons à plaisanter un peu, tout doucement, elle se détend vaguement. Nous en profitons pour lui suggérer de lui faire prendre une douche.

— Ha, ha, très drôle, et mon plâtre, on va le laver à grande eau ?

Ça fait quarante-huit heures qu'elle fait des toilettes de chat avec une seule main, ça lui prend des heures et elle ne peut pas se laver les cheveux. L'avantage avec ta mère, c'est que tu la connais comme si elle t'avait faite.

— Avec ton système, tu risques de ne pas être vraiment propre… Si tu te mets à puer, on fait quoi ? Tu préfères qu'on te le dise ou qu'on te le dise pas ?…

— Moi, je te le dirai pas, trop peur de me faire engueuler…

Puer ? Touchée ! Maman, grande crassophobe, allergique aux odeurs corporelles, maniaque de l'eau de Javel, hygiéniste pathologique, maman, la laveuse de fromage et désinfectrice de semelles de chaussures, s'épouvante à cette idée.

Voilà comment j'ai découvert le corps de ma mère. Et Rémi aussi, mais elle, nature aux pommes, comme d'habitude, ne voit pas le problème. Heureusement, la salle de bains dévolue à maman possède une vaste douche à l'italienne. On y tient à trois sans difficulté, et on peut même installer une chaise de jardin pour la mettre à l'aise. Premier acte : imperméabilisation du plâtre. Sac poubelle, emberlificotage, sparadrapage. Étanchéité assurée.

— Vise un peu la technique !

— T'as fait ça toute ta vie ou quoi ?

Puis on s'enferme. Deuxième acte : égalité de condition. On se déshabille toutes les deux, et seulement après, on la déshabille, elle. Au point où elle en est, elle s'en fout complètement.

Au début, elle reste sur sa réserve. Mais, eau tiède aidant, elle se détend. Ça ne met pas très longtemps à tourner à la partie de rigolade. On éclabousse, on mousse, on shampouine, on frotte avec douceur et énergie, on chatouille, on déconne. Enfin, enfin, elle rit, trouve l'opération grotesque et compliquée, mais reconnaît que ça lui fait du bien.

Le corps de maman, finalement, n'a rien d'impressionnant. Il m'a plutôt émue qu'effrayée. Ainsi, je viens de là. J'ai toujours craint de l'avoir abîmée en naissant, et je m'en voulais, il me semble. J'étais un si gros bébé et elle si menue. Moi, la plus énorme des quatre, j'avais sans doute marqué son corps de traces que je n'oserais jamais regarder. Mais je me trompais. Non seulement j'ai osé, mais j'ai aimé la regarder. Ma mère est juste une femme, une femme parmi les autres, si forte, si fragile, comme l'affirme le navrant cliché auquel je ne trouve cependant pas de formulation plus exacte. On s'habitue tellement à confondre un beau corps avec un corps sexy qu'on en oublie la beauté des corps sur lesquels la vie a écrit une histoire. Une belle histoire. La nôtre.

Loin de me sentir rebutée comme je l'avais craint, je t'ai trouvée belle, attendrissante. Ta peau a une douceur enfantine et une blancheur de porcelaine depuis le temps que tu n'as pas pris le soleil. Te voir nue m'a submergée de gratitude. Tu nous auras tout donné, même ta beauté au sens commun, mais tu as acquis cette grâce suprême que donne un surplus d'humanité. La beauté profonde, qui nous parle et nous rassure, est celle qui naît du partage de notre seule richesse, la vie. Et aujourd'hui, nous avons entremêlé, entre gel et gant de crin, sous cette cascade qui régénère, nos trois vies qui n'en font qu'une. Toi, avec ton ventre fatigué qui nous a mises au monde, Rémi qui a suivi ton exemple, et moi, qui viens de comprendre quelque chose qui m'avait toujours échappé. La maternité ne détruit pas le corps. Elle le sublime.

Ce moment est tellement serein et joyeux que nous le prolongeons pour tenter d'en conserver l'étincelle. On lui fait la totale, à maman. Massage à l'huile essentielle de je ne sais quoi, manucure, pédicure, brushing, poupounages en tous genres. Ça nous prend l'après-midi. On libère son bras, on la rhabille, on la parfume. Je fais part de mon ravissement à Rémi.

— Tu as vu ? Elle a adoré !

— Eh ben tant mieux, parce que j'f'rais pas ça tous les jours !

Qu'elle est bête, mais qu'elle est bête !

On ira à l'hôpital demain.

La douleur vient d'une vis. Mal posée, mal foutue, de travers, que sais-je. Eux non plus ne savent pas. Ils découpent le plâtre, rafistolent quelque chose. Et le remettent. Je leur demande d'en réduire la taille et le poids, qu'elle ait moins l'air d'un homard. Tout ici a l'air artisanal, improvisé et inquiétant. La douleur ne leur semble pas constituer un enjeu sérieux. Le patient a mal ? C'est comme ça, qu'est-ce qu'on y peut… Il se peut que cette impression ne vienne que de ma subjectivité. Comment savoir ? Il suffit sans doute d'un regard, d'une intonation pour qu'on se sente rassuré ou plus inquiet encore. Même si l'impuissance et la tristesse perdurent.

La météo y met du sien. Cet été va s'inscrire comme un des plus pourris du siècle. Il n'arrête de pleuvoir que le temps de se faire quelques illusions. Will s'en amuse :

— Je sens mes origines écossaises qui remontent ! Chez nous, au moindre rayon de soleil, on se précipite !

Chez nous ? Beth, Californienne à trois générations, persifle sur des habitudes écossaises quelque peu floutées par soixante ans de vie à la plage. N'empêche, ici, on se croirait sur les rives du loch Ness. Ouvrir les parasols, sortir les crèmes solaires, les chapeaux, les serviettes, les coussins pour les transats, s'allonger et, patatras, courir se réfugier à l'intérieur parce qu'il pleut de nouveau ! Lee est d'avis qu'on ne peut rien reprocher à un bled qui annonce la couleur : *Pour-rain*, verser la pluie, ça veut bien dire ce que ça dit.

Will cumule son âge respectable et sa taille de géant. Il est incassable dans une demeure rurale de la vieille Europe. Rien n'est à sa taille. Et encore moins à sa portée. À héberger simultanément quatre octogénaires on change de regard. Le confortable, le pratique n'obéissent plus aux mêmes critères. Un banc indissocié de la table, un fauteuil trop bas ou trop profond ne leur conviennent pas plus qu'une baignoire ou un escalier. Papa, le plus en forme des quatre, loge à l'étage et se débrouille. Mais nous ne tenons pas à répéter l'expérience de Will, tentant, lors d'une rare éclaircie, de s'allonger sur une de ces chaises longues traditionnelles constituées d'une toile fixée sur une structure de bois pliable. Les plier et les déplier exige une longue pratique. Ça pince les doigts, ça prend des formes de sauterelle géante démantibulée, puis, un peu par hasard, ça finit par accepter de se soumettre à son destin. Will en avise une disponible, amorce un mouvement de descente en douceur qu'il ne peut maintenir, et finit par se laisser tomber avec cette confiance de qui vit en pays adapté, où tout est d'une solidité à toute épreuve. Ce n'est pas le cas chez nous. Le transat, qui ne s'attendait pas à une telle attaque, explose et rend l'âme. Ne reste sur le sol qu'une malheureuse toile qui se mélange les rayures, et un amas d'allumettes. *So long*, chaise longue ! Will, heureusement, n'est pas tombé de bien haut, ne s'est pas fait mal. Mais il gît comme une tortue sur le dos, humilié, les quatre fers en l'air, et pédale pour tenter de se rétablir. En pure perte. Je laisse les garçons se porter à son secours. Tout le monde dédramatise et fait mine de s'amuser de l'incident, alors que le père de Lee aurait pu se blesser ou se casser quelque chose comme maman. On n'aurait eu ni civières assez longues ni suffisamment de plâtre au niveau régional pour faire face à la situation. On l'a échappé belle. Moi, je ne bouge pas. Si on peut faire autrement, une courtoisie élémentaire consiste pour une femme à ne pas froisser un homme plus âgé en venant à son aide. Nous redoublons d'une quadruple dose d'attention en rêvant du jour où nos architectes, designers et urbanistes voudront bien considérer que la terre n'est pas peuplée uniquement d'hommes adultes bien portants.

Si nous maudissons les intempéries, nous bénissons l'initiative des propriétaires qui ont installé un hammam à côté de la piscine. Et nous en comprenons les motivations profondes. Il permet de se baigner jusqu'au moment où, bleus de froid, doigts gourds, pieds gelés et os pétrifiés, on court reprendre vie façon raviolis chinois dans cette bouilloire providentielle qui sent l'eucalyptus et la nostalgie de Phébus. On a acheté des gants de crin. À défaut de bronzage, nous exhibons une peau de bébé.

Puisque nous sommes en Bourgogne et sous le signe du liquide, il me vient l'idée de proposer à nos amis une distraction du dernier exotique pour eux. J'appelle mon vieux copain Jeannot, chaud lapin et œnologue, afin qu'il nous fasse une démonstration du second de ses talents. L'homme qui me dit jadis : « Toi et moi ça se fera, puisqu'il y a déjà moi qui suis d'accord, ça fait cinquante pour cent ! » est un supercrack de la bibine. Il a beau avoir accumulé une connaissance encyclopédique des grands crus, il ne s'est jamais perdu dans les théories, ou dans la pose consistant à goûter en recrachant, blasphème ultime. Le vin est fait pour être bu, point. Sa philosophie repose sur le bon sens même. Je lui demande s'il accepte de nous concocter une dégustation de vin à domicile. Il me confirme qu'il est grand temps que je m'aperçoive qu'il est l'homme de la situation. De toutes les situations. « Le vin suffira amplement ! » Le jour dit, il se présente avec son épouse, le bougre s'est calmé, et un assortiment de bourgognes à faire saliver un mormon. Jeannot, orateur efficace, connaît des centaines d'anecdotes et domine son sujet. Je lui offre un public attentif et propose mes services de traductrice simultanée. Il n'en demande pas plus. Le ciel grisonne, on s'installe à l'intérieur. Tout le monde s'assied, lui et moi restons debout. Sur la table, un peu de charcuterie, du fromage, du pain, du meursault, du volnay, du santenay et autres splendeurs. Les Américains, éblouis par la science de notre invité, veulent tout savoir. Jeannot raconte l'épopée du vin, explique comment lire une étiquette, pourquoi certaines années ou certains coteaux produisent de meilleurs résultats. Maman, qui prend des médicaments et sait que Will et Beth ne boivent jamais, peu soucieuse de passer pour une poivrote, nous annonce qu'elle préfère ne pas participer. Quand elle voit que nos amis trempent les lèvres dans le premier cru, elle en fait autant. Il ne lui en faut pas davantage pour renoncer à l'abstinence. Nous en sommes à nous extasier sur un meursault Goutte d'Or quand quelqu'un fait remarquer que le soleil brille dehors. Nous sortons dans le jardin avec armes et bagages, ouvrons les parasols pour éviter au vin de prendre un coup de soleil, et reprenons la cérémonie. Comme on pouvait s'y attendre, la pluie revient. Au point où nous en sommes, nous la trouvons désopilante. Nous rentrons, avec un peu moins d'assurance. Ça chancelle, ça tangue, mais rien n'arrête une troupe motivée devant un richebourg. Alors que les bouteilles sont presque vides et dans le souci louable de diminuer la force du vent dans les voiles, Jeannot nous conseille de rester hydratés, boire un peu d'eau ne peut nous faire que du bien avant le bouquet final, un blanc liquoreux dont j'ai tout oublié sauf le goût. Il va dans la cuisine, ouvre le frigo, et on entend :

— Nom de Dieu de nom de Dieu, c'est une bonne maison, ici ! Vous vous emmerdez pas ! Du Veuve Clicquot rosé 93 cuvée prestige ? Où avez-vous dégotté cette merveille ?

C'est Rémi qui en a acheté trois bouteilles à un prix dérisoire la dernière fois qu'elle est allée en grande surface. Elle l'a trouvé si peu cher qu'elle a subodoré une tare cachée et n'a pas osé en prendre plus.

— Mais c'est une splendeur ! C'est du très bon ! Je le crois pas que tu l'aies trouvé au supermarché !

On les ouvre ? On les ouvre. Le lendemain, Rémi et Lee iront acheter le reste du stock, une douzaine de bouteilles, commande spéciale d'un client qui n'est jamais venu les chercher, et les avait peut-être déjà payées ? Étrange et succulente affaire… La dégustation prend fin par une de ces bienheureuses siestes générales qui signent la grande supériorité du jus de la treille sur l'eau du ciel.

Distraire nos hôtes, sans lâcher maman un seul instant, tout en arrivant à se reposer, relève de la mission impossible. Nous voyons arriver la fin des trois semaines avec soulagement. Les Américains repartent, charmés par la Bourgogne, les dégustations de vin, l'amitié des vaches et les baignades sous la pluie. Sont-ils un peu déçus, comme je le suis moi-même, par le décalage entre notre projet et ce qu'il en a résulté ? Leur politesse ne permet pas de le deviner. Maman doit rester plâtrée encore trois semaines. Elle a acquis une surprenante dextérité avec sa main gauche. Elle reste debout face à l'adversité, quoi qu'il advienne. Elle est incroyable. Et nous, épuisés. Si nous savions que c'est son dernier été en liberté avec nous, liberté surveillée mais liberté quand même, nous ne ressentirions pas la fatigue de la même façon. Mais nous ne le savons pas, et sommes ravis de rentrer à Paris, sous la pluie qui n'a toujours pas cessé. Si ça se trouve, ce n'était pas de la pluie. Juste un avant-goût des larmes à venir.

Santa Monica

Automne 2007

Son plâtre fait souffrir maman jusqu'au bout, à tel point qu'on nous suggère de le remplacer par un modèle amovible, avec un zip, nec plus ultra du confort. Nous nous consultons et, comme souvent, parvenons à la même conclusion : si elle peut l'enlever, elle l'enlèvera. Et ne le remettra pas. Et il n'y aura pas moyen de la faire changer d'avis. Ce qui prouve qu'à ce moment-là elle n'est plus accessible au raisonnement logique qu'elle aurait tenu elle-même quelques mois auparavant. Pourtant, je n'ai pas souvenir qu'elle ait dérapé particulièrement à cette époque. Fin octobre, maman a terminé sa rééducation. Son bras est faible mais valide. Elle l'observe avec consternation.

— Tu te souviens comme j'avais de jolis bras ? Et de jolies mains ? *Qué asco*... C'est dégoûtant.

Dès novembre, je rejoins les McKee en Californie. Rien de tel que deux semaines à Santa Monica pour se requinquer. Retrouver Lee, la lumière de son appartement sur l'océan, marcher sur la plage jusqu'à Venice Beach, déjeuner chez Shutter's. Quand j'arrive chez elle, son frigo est plein de champagne rosé, il ne sera pas dit que la culture française n'aura pas eu une saine influence sur son mode de vie. Nous descendons à Newport chercher Beth, qui va rester quelques jours avec nous. Will part à San Diego avec sa bande pour une série de concerts, en conduisant lui-même sa voiture, ce qui plonge Lee dans des rages impuissantes. Mais que peut-on interdire à son propre père ? Will, à quatre-vingt-sept ans, mène la vie dont il rêvait à vingt. Au nom de quoi devrait-il s'en priver ? Il porte le panama blanc que Yann lui a offert cet été, joue d'une guitare qu'il a fabriquée de ses mains et fait la fête dans les festivals du Sud. Beth le laisse partir sans états d'âme, du moment qu'il ne lui demande pas de l'accompagner. Ils me font la fête, me demandent des nouvelles de maman. Nous buvons un jus de fruits sur le *deck* vide. Voilà longtemps qu'ils ont vendu leur voilier. Puis chaque voiture part dans un sens opposé. Si Will est en pleine forme, il n'en est pas de même pour Beth. Sa jambe a été opérée, sa hanche a pris le relais et lui inflige des douleurs aiguës. Lee a mobilisé pour la soulager toutes les médecines présentes dans cette zone : occidentale, orientale, indienne. Beth lève les yeux au ciel en ironisant sur son statut de cobaye. Elle veut bien tout ce qu'on veut, tant qu'elle peut suivre à la télé les performances de ses deux équipes favorites de basket et de base-ball, dont elle est supporter depuis des décennies. Entre deux visites d'un acupuncteur chinois qui semble sorti d'un album de Lucky Luke, après avoir pris sa ribambelle de molécules hyper-performantes, elle regarde les exploits des Lakers ou des Angels, un cataplasme d'argile réchauffé au micro-ondes posé sur la zone douloureuse selon les méthodes ancestrales des grand-mères de Cochise ou Sitting Bull, en sirotant une tisane boueuse que Confucius n'aurait pas désavouée. Je ne vois pas comment une telle embuscade pourrait échouer, mais au cas où, Lee a programmé une bonne vieille opération chirurgicale atrocement banale. Mon traitement à moi, novembre en Californie, vaut tous les euphorisants du monde.

Si les fêtes de fin d'année, que j'organisai chez moi, sont allées rejoindre les dizaines d'autres Noëls sans signes particuliers, un détail me reste. J'invitai maman à les passer à la maison. Et, cette fois-ci, je lui proposai de partager ma chambre. Yann avait rejoint sa famille dans le Midi, pour une semaine.

— C'est vrai, je dors avec toi ?

Sa joie, à ce moment-là. Ce n'est pas tant de dormir avec moi que de ne pas dormir seule. Je sais. J'ai hérité d'elle la phobie de l'obscurité, de cette petite mort qu'est le sommeil. Elle appréhende le moment de solitude où l'on bascule dans l'inconscience en n'étant jamais tout à fait sûre de se réveiller. Elle a une peur panique du néant et, comme moi, ne ferme jamais tout à fait les persiennes, laisse une lueur lui confirmer que l'heure du tombeau n'a pas sonné. Je l'installe à ma place, m'étends à celle de Yann. On parle un peu, à voix basse. Je lui passe la main sur le front comme on fait aux enfants. Où est-il écrit qu'on arrête un jour d'avoir besoin des gestes que nos mères ont eus pour nous ? Elle s'endort comme un bébé, sereine, détendue. Tous les soirs, pendant une semaine, je reste éveillée sur son sommeil, savourant un moment de ce qu'en anglais on appelle *bliss* et donc aucune traduction ne restitue la nuance de bonheur paisible, de douce harmonie. C'est son plus beau cadeau de Noël, et aussi le mien. Je viens de lui offrir ce que je lui ai refusé, ce premier soir, en août, quand elle nous a demandé à ne pas dormir seule. Puis elle s'est fracassé le poignet. Si j'avais cédé à ce si petit caprice, que de douleur évitée. Les vacances auraient été sauvées, avec la pluie pour seule adversaire, et nous n'en aurions jamais rien su.

Au nom de quoi ai-je refusé ? Elle, elle m'a donné sans compter quand j'en avais besoin. Parce qu'elle est la mère. Moi pas. Parce que je suis la fille. Et que la vie est comme ça. *Ley de vida*. Un brin dégueulasse, et je n'ai pas le beau rôle.

Je pourrais mettre mes urgences entre parenthèses pour accompagner maman, l'envelopper d'attentions pour qu'elle ait moins peur de ce qui l'attend. Je pourrais. Mais je ne le fais pas. Une telle cohabitation ne fonctionnerait que si nous vivions tous ensemble, au même endroit, comme j'en ai toujours rêvé. La charge se répartirait alors et nous ménagerait à tous les indispensables îlots d'intimité. Mais dans nos cellules isolées, comment envisager une telle organisation ? Au nom de quoi imposer à Yann cet improbable ménage à trois, qui de surcroît laisserait papa tout seul ? L'abandon des vieux est inscrit dans notre mode de vie comme le gaspillage, la précipitation et la solitude.

Polypes

Janvier 2008

Je viens d'avoir Rodrigo au téléphone. *Last news*, elle a une tumeur. Aux intestins. Tumeur ça veut dire cancer. Mais on ne prononce pas le mot. On dit polypes. Je ne me souviens pas comment ils s'en sont aperçus, j'imagine une coloscopie de contrôle. Il faut opérer.

— Tu es sûr ? Je croyais que passé un certain âge un cancer ne s'opère plus, qu'il évolue lentement. Ça serait de l'acharnement…

— Ils disent le contraire…

— Leurs considérations sont peut-être commerciales… Il faut remplir les lits, rentabiliser les blocs, tuer les vieux, tout ça…

— J'ai posé la question, ils étaient positifs.

Je n'y crois pas. Coups de fil entrecroisés, puis, comme nous en avons pris l'habitude, conférence au sommet de la bande des quatre.

— Sûr que c'est un cancer ?

— Oui. Ils ont prélevé, analysé, et y a pas à tortiller… Elle a des polypes à la fin et au début, un à chaque bout. Et c'est des malins, les polypes. Donc, faut les enlever.

Je rechigne.

— On avait dit qu'on la laisserait plus se faire opérer. À mon avis, encore une anesthésie générale, elle supportera pas.

Rémi a la même réaction que moi.

— On va pas leur laisser faire la même chose qu'à Tita.

Rodrigo, d'une patience inébranlable, répète jusqu'à ce qu'on veuille bien comprendre.

— Il est pas question de chimio, on ouvre, on enlève, et après y a plus de problème.

— Jusqu'à la prochaine fois…

— Plus ce problème-là, en tout cas.

Gonzalo n'a encore rien dit.

— Les cancers, y en a de toutes sortes… Chacun a son charme… Le poumon, c'est banal, et si j'en crois mon paquet de clopes, je vais y avoir droit…

— T'as qu'à pas fumer.

— Pas fumer, ça change pas le cancer, ça change l'endroit où il tape… Le pancréas, c'est mieux, ça pardonne pas, c'est rapide, t'as pas le temps d'angoisser. Y a ceux où on peut amputer, la couille, le nibard, c'est déprimant, mais tu survis. Et y a les autres…

— Ça te paraît le moment de faire un hit-parade ?

— Les intestins, c'est pas celui où tu te trimballes avec un sac à merde ?

— Tu peux pas être un peu délicat, il s'agit de maman je te signale !

— Je parle pas de maman, je parle de la putain de vacherie où on t'enlève le trou du cul et tu te retrouves à chier dans ta musette, étron en bandoulière…

Quand il commence à parler sur ce ton, c'est qu'il se construit des défenses, Gonzalo. Il me ferait rire à mon propre enterrement.

Rémi, sentencieuse :

— On dit dispositif externe !

— Mais c'est que ça change tout ! Telle que je la connais, maman va a-do-rer !

Son menton tremble, ses joues remontent et lui brident les yeux, ses narines se dilatent et il explose dans un hennissement qui marque un très vieux signal, le départ d'un fou rire intempestif et plus que contagieux, comme jadis à table. Plus on essayait de se retenir et plus il nous tordait. On en pleure. Des grosses larmes qui évacuent un peu de la tension.

Que faire ? Opérer encore, et qu'elle y reste ? Ou ne pas opérer, et laisser le crabe la ronger ? Réjouissante alternative. Il nous faut plus de renseignements.

J'appelle mon généraliste. Je lui fais confiance, il n'aime pas les idées reçues, professe une insolence joyeuse vis-à-vis des credo de ses confrères.

— De quoi as-tu peur ?

— De tout. Du risque inhérent à toute opération, de la souffrance… De l'anesthésie, à son âge, on s'en remet mal. J'ai peur pour elle.

— Tu sais ce qui va se passer si elle n'est pas opérée ? Ce que tu crains aujourd'hui, alors que tu peux choisir le chirurgien, prévoir le meilleur moment et prendre le temps de préparer ta maman avec toutes les précautions possibles, arrivera à coup sûr en cas d'occlusion, et il y aura occlusion, sois-en sûre, sauf que ça sera aux urgences, au petit bonheur la chance, rien ne te garantit que ce soir-là, parce que ça sera un soir, le type de garde ne soit pas un gros nul qui salopera le boulot.

— Voilà qui me rassure…

— Je ne te dis qu'une chose : si c'était ma mère, je la ferais opérer sans attendre. Trouve un bon spécialiste.

Rémi s'est renseignée auprès de sa gynéco, qui lui tient exactement les mêmes propos : si c'était ma mère… Rodrigo était déjà convaincu. Gonzalo se range à l'avis majoritaire.

Je ne peux plus me cacher derrière mon petit doigt. L'infarctus nous avait pris par surprise, le col du fémur donnait dans le mécanique, n'avait rien de grave sur le principe. Mais avec cette double tumeur, la grande faucheuse passe aux choses sérieuses. Attaque frontale. Il va falloir assurer.

Maman est en train de se consumer, tout simplement. Tout doucement. Petite, de plus en plus petite. Toute ma vie, aussi loin que ma mémoire remonte, j'ai craint le moment où tout sera fini. Je ne veux pas que ça arrive, jamais, pas elle. Pas elle. Elle est en train de partir sur la pointe des pieds. Ou plutôt à crête d'infarctus, à raz de tumeur, avec ses petits os qui se cassent les uns après les autres… Intubations, anesthésies, aiguilles dans ses pauvres veines, hématomes partout, plâtres, points de suture, cicatrices… Quel arsenal pour une si petite cible. Ma mère, si forte, si longtemps. La vie se retire, devient minuscule, homéopathique, un souffle suspendu… Il faut l'avoir connue quand elle était feu, flamme, rire et énergie pour savoir qu'elle fut autre jadis et qu'elle est déjà ailleurs, déjà réfugiée dans nos souvenirs. La petite étincelle que nous tentons de préserver comme si elle pouvait durer n'est plus que le pâle reflet du feu d'artifice qu'elle a été pour nous…

Nous sommes tous d'accord. On va se battre. Puisqu'on ne peut éviter cette épreuve, qu'au moins elle l'affronte dans les meilleures conditions. Je dégaine mon arme favorite, le téléphone. Je cherche, je contacte, je réseaute. Je trouve la perle rare, recommandée par un ami d'amie. Nous allons avoir affaire *à la crème de la crème*, comme dit Lee quand elle croit parler français. Un virtuose, un artiste. Pour se rendre à l'hôpital Ambroise-Paré, où officie la star du côlon, il faut traverser le bois de Boulogne et j'en éprouve une sensation de répit. La nature, en cette fin janvier, ne se montre pas sous son meilleur jour, mais en secret, elle travaille à se renouveler. Le printemps, encore invisible, est déjà à l'œuvre. J'aime penser que la santé de ma mère fait la même chose. Maman a toujours été une grande résistante. Sa grande force ? Refuser de considérer le temps qui passe comme un interlocuteur légitime. Quand on lui annonce un nouveau mal en prenant soin de ne pas employer les mots qui effrayent, car alors elle nous rirait au nez, elle dit :

— Ça doit être une erreur, j'ai toujours eu une santé de fer, ce genre de truc ne m'est jamais arrivé.

— Maman, il t'est jamais arrivé non plus d'avoir un âge qui commence par huit !

— Bien sûr que si ! Et j'étais en pleine forme !

— Ça m'étonne un peu ce que tu me dis.

— Je faisais les pieds au mur et je jouais à la marelle.

— Mais bien sûr…

— J'avais huit ans… Ça commence par huit, non ?

Dans le monde ultrahiérarchisé des services hospitaliers, la personnalité du patron influe sur toute la pyramide. Le ponte des intestins, le docteur N., fait partie de ces grands qui réconcilient avec la médecine. On devine qu'entre deux opérations le gaillard s'adonne à la voile, au golf ou autres activités au grand air qui lui donnent une mine de publicité pour la Suisse. Il accueille maman avec un large sourire, lui parle avec douceur, simplicité. Il lui explique ce qu'il va faire sans que jamais un mot effrayant soit prononcé. La voici non seulement rassurée, mais séduite. Toute l'équipe, de la secrétaire administrative au brancardier, est à son image. Compétents, patients, gentils, ils font leur boulot comme s'ils y prenaient plaisir, et rien ne saurait nous réconforter davantage.

On peut avoir suivi toute une scolarité jusqu'à l'université, vécu dans un milieu éclairé et toujours fait preuve de curiosité pour les choses de la vie, sans prendre conscience que la médecine cache des mystères de triangle des Bermudes. On traverse la vie sans avoir idée de ce qui se trame dans le secret des lieux où on rafistole les corps. Je n'avais pas intégré, par exemple, que les jolis petits nez refaits commencent par des coups de maillet en pleine face. Sous anesthésie, certes, mais je ne me doutais pas non plus qu'une anesthésie n'a rien à voir avec le sommeil et qu'on peut y rester. Pendant des années j'ai entendu parler d'autopsie sans imaginer que ça consistait à découper le défunt en tout petits morceaux. Aujourd'hui, les séries américaines ne font plus grâce d'aucun détail. La maladie est une route de montagne dont chaque lacet fait découvrir, au bord du gouffre, un nouveau paysage insoupçonné. Je n'avais pas dépassé le stade de Docteur Maboul, et ça me convenait. J'étais d'autant plus ignare que je n'avais aucune envie de savoir, comme si une info apportait avec elle la maladie même. Ainsi, j'ignorais l'existence de ce qu'on appelle avec une indéniable pudeur lavage intestinal, étape première de toute coloscopie ou colectomie. Il est aisé de comprendre qu'avant de se colleter avec les boyaux on commence par dégager la piste, bien sûr. Le milieu est marécageux. Pour autant, les personnes qui vous informent sont si familiarisées avec le processus qu'elles le perçoivent comme un détail, et ne le décrivent pas.

Rodrigo finit par nous révéler ce qu'il en est. Une coloscopie a été pratiquée sur maman avant Noël, en ambulatoire pour lui éviter une nuit hors de la maison. Il s'en est occupé du début à la fin et attendait les résultats pour en parler, afin de préserver la sérénité des fêtes.

— Les fêtes de fion d'année ?…

— Gonzalo, t'es lourd.

Lourd n'est pas le mot. Il est le meilleur antidote à la déprime. Rodrigo continue. Lui, comme moi, comme nous, ne se doutait pas non plus. Un régime de trois jours est prescrit, puis un médicament à prendre en buvant quatre litres et demi d'eau. Il fait part de son étonnement à la secrétaire :

— Quatre litres et demi ?

— C'est la procédure.

— Je suppose que ça dépend du gabarit de la personne ?

— Pas du tout, ça n'a rien à voir, c'est quatre litres et demi, point.

— Que ce soit un rugbyman de cent vingt kilos ou ma mère qui en pèse quarante-deux ?

— Exactement.

Fidèle à ses habitudes, Rodrigo s'indigne :

— Quelle bande de nazes ! Vous croyez que ça réfléchit avant de causer ? Non ! Allons-y gaiement ! Quatre litres et demi ! N'importe quoi. Je me suis dit que si elle en buvait deux ça serait déjà énorme. Au début maman m'a écouté. Elle me fait confiance, la pauvre… L'eau, c'était juste pénible. Mais le médicament ! C'est un truc… inimaginable ! Tu m'étonnes que personne en parle ! On partirait en courant ! Ça arrive dans le bide et ça explose. Et la flotte que tu as avalée, elle ressort sous pression…

— Tu chies en spray, quoi…

— Putain, toujours aussi délicat, toi !

— C'est pas ce que tu viens de dire ? Tu te souviens, Coluche, les dragées Fuca, un, deux, trois, chlaff ! Et après, Ajax W-C nettoie tout, du sol au plafond !

— Tu crois pas si bien dire. Crois-moi, ça n'a rien de drôle. Une vraie épreuve physique. Une torture. C'est pas possible qu'il y ait pas moyen de faire autrement. Elle était désespérée. C'est brutal, ça fait mal, ça dure longtemps et elle s'y attendait pas. En plus j'étais aux premières loges, je l'ai aidée, t'imagines comme elle était à l'aise. Heureusement que papa était pas là, ça l'aurait achevée. Elle a même pas pu le prendre à la rigolade, c'est te dire !

— C'est ta carcasse qu'ils traitent, le reste…

— Quand en plus t'es vieux…

— Elle ne me l'a pas pardonné. Elle me regarde autrement, doit se demander ce qui m'a pris de la piéger comme ça, de me rendre complice de gens qui ne lui veulent pas que du bien. Maintenant elle se méfie de moi ! Pour la prochaine fois, puisque prochaine fois il y a, j'ai demandé à ce que ça soit fait à l'hôpital directement, il paraît que le médicament est différent, et puis ils ont peut-être un équipement adapté.

— Un parapluie ?

— Si j'avais su que tu trouverais ça si drôle, je te l'aurais raconté pendant le réveillon.

— On va pas se mettre à pleurer non plus… C'est déjà assez pénible.

Sûr. On va pas se mettre à pleurer. En tout cas pas tout de suite. Il faut s'organiser, encore.

Maman est hospitalisée dans la bonne humeur. Je l'emmène, on traverse le Bois en musique. Je la sens fatiguée mais contente de la balade. Ambroise-Paré est une usine extrêmement organisée. Elle est accueillie dans le service du docteur N. par son assistante qui l'installe dans sa chambre pendant que je vais affronter les gorgones administratives.

Le lendemain, Rodrigo lui tient compagnie pendant la grande évacuation préliminaire. Il n'est question ni de la laisser seule ni de lui infliger un témoin nouveau pour ce qui s'avère encore plus pénible que la première fois. Les produits ingurgités sont effectivement plus puissants. Elle se tord de douleur et d'embarras. Ce sera le seul moment pénible de ce séjour-là. Le chirurgien est effectivement un artiste. Il traite les deux polypes en une seule fois, laisse une seule cicatrice. Finesse et patience, un travail de dentellière dont seule la nature est encore capable. Depuis des années, j'ai sur ma table de chevet un oursin diaphane ramassé sur une plage des Antilles, un bijou pointillé en étoile, poli par vent, mer et sable, d'un blanc cerné de reflets mauves comme une paupière d'enfant. Sa finesse est telle que je crains, quand je regarde à contre-jour sa transparence de porcelaine, de le briser entre mes doigts et qu'il tombe en poussière. Couchée sur son lit, les yeux clos, maman résiste avec la même fragilité d'oursin privé d'épines. Comme si elle avait encore ses piquants, alors qu'au moindre choc elle aussi pourrait se pulvériser. Retourner à la poussière.

Les rituels apparus en 2003, affinés en 2004, rappelés en 2007 reprennent. Entrer dans la chambre en affichant un sourire fringant, embrasser maman, l'appeler *bonita*, jeter un œil sur les écrans de contrôle, non pas qu'on y comprenne grand-chose, mais avec le temps on repère les rythmes des lignes, pointillés et autres clignotages, et on se persuade que rien n'est à craindre dans l'immédiat. Vérifier que le linge, les serviettes, les mouchoirs, l'eau de lavande, les affaires de toilette sont en nombre et en état suffisants, et enfin se détendre. S'asseoir au plus près, poser une main sur elle, l'embrasser encore, trouver quelque chose de gai à raconter. Lui trouver bonne mine. Et imaginer qu'on lui donne le change alors qu'elle a toujours lu en nous mieux que nous-mêmes.

Nous comprenons qu'une fois encore elle est tirée d'affaire quand elle commence à émettre sur la nourriture des opinions hautes en couleur. Peut-être le fait-elle surtout pour nous rassurer, mais nous en tenons compte. Pas question de rationner les plaisirs qui lui restent. Elle récolte toutes les douceurs qu'elle aime, après que nous avons vérifié qu'elles ne présentent pas de contre-indications. Il s'agit de ne pas saccager la prouesse du chirurgien, qui passe la voir tous les jours. Il surveille l'évolution de la situation. Débarque, élégant, attentif, et direct :

— Avez-vous pété aujourd'hui ?

Et, se retournant vers moi :

— Il faut qu'elle pète, c'est important, c'est à ça qu'on sait que ça a marché.

En plus de ses autres qualités, il ne s'embarrasse ni de langue de bois ni de vocabulaire abscons. Maman, hilare, lui assure qu'elle va faire de son mieux. On l'aime, ce grand monsieur.

Mais il y a les jours sans. Quand elle laisse voir sa lassitude, sa tristesse. Quand elle demande ce qu'elle fait là. A-t-elle été malade ? Elle ne s'en souvient pas. Merci l'anesthésie, dont les effets durent bien au-delà du réveil. Elle veut rentrer à la maison. Nous n'avons prononcé devant elle ni le mot tumeur ni le mot polype. On dit « verrues », et elle s'en contente. Ces jours-là, elle n'a envie de rien et rien ne la fait sourire. Ces jours-là, on ne peut que penser à sa disparition. En retrouvant l'extérieur, la circulation, les boutiques, les gens, on se demande comment il est possible que la vie normale continue pour les autres. Que nous soyons les seuls à ressentir cet écroulement permanent.

La cité des fleurs

Après deux semaines, maman ne rentre pas à la maison, il est trop tôt. On la transfère pour sa convalescence dans une maison de repos flambant neuve, à Courbevoie, derrière la Défense, dans ces quartiers perpétuellement en construction où les finitions des immeubles ne sont pas encore terminées qu'il est déjà impossible de s'y garer. L'établissement, rutilant, ultramoderne, à la décoration sobre et futuriste d'hôtel branché, offre un contraste tellement parfait avec ses pensionnaires qu'on les croirait élaborés par un styliste en gériatrie et posés çà et là dans le seul but de souligner les audaces du design ambiant. Rien n'a été laissé au hasard. « Quiconque ne guérit pas immédiatement sera probablement poursuivi en justice », me glisse Gonzalo à mi-voix. Pendant qu'il s'en va découvrir les lieux avec maman, Rodrigo et moi sommes reçus par une pimpante, fringante et charmante vieillardologue, tellement enthousiaste qu'elle donne envie de prendre trente-cinq ans d'un coup pour pouvoir profiter du programme. Nous, surtout mon frère, sommes séduits par cette jolie quinqua bronzée, souriante et qui manifestement se passionne pour son métier. La rééducation de maman prévoit des exercices physiques mais aussi mentaux pour détecter les éventuelles commotions liées à la succession d'anesthésies générales. Cela nous paraît d'excellent augure et Gonzalo partage notre point de vue. Maman est en de bonnes mains. Ils vont nous la booster. Tout contents d'avoir d'excellentes nouvelles pour papa et Rémi, nous l'installons dans sa chambre, dont la salle de bains ressemble à un tableau de bord de Boeing et la baie vitrée domine une *skyline* digne d'une métropole de série américaine.

Maman n'aime pas cet endroit. Pas du tout. Elle s'y sent menacée. Nous apprenons qu'à plusieurs reprises elle a été trouvée déambulant dans les couloirs, cherchant une issue pour filer à l'anglaise. Qu'elle a servi à la spécialiste venant la tester une fable selon laquelle, très jeune, elle a perdu son mari et élevé seule ses quatre enfants. À nous elle dit qu'elle a dû dormir sous le lit parce que des rôdeurs traînent partout et qu'elle s'en méfie comme de la peste. Et qu'elle trouve le personnel bien indiscret. Une femme lui a posé tout un tas de questions dont elle ne voit pas le rapport avec ce qui l'a amenée ici. Puis lui a fait faire des petits dessins ridicules, comme si on était à la maternelle. Pour qui se prennent-ils, ces zigotos ? Mais, maman, ce sont juste des tests, des tests cognitifs ! *¡ Ni cognitivos, ni coño frito, no te fastidia !* J'éclate de rire, le moyen de faire autrement.

En d'autres termes, la thérapie prévue a complètement loupé son entrée. Ce qui ne dit rien de bon pour la suite.

— Tu es bien ici, maman, tu ne trouves pas que c'est joli ?

Elle fait sa tête d'espionne internationale à qui on ne la fait pas.

— Joli ? Mais ça m'est égal que ce soit joli ! Je ne comprends pas ce que je fais ici. Je ne veux pas rester. Ne me laissez pas toute seule. Vous partez tous, et vous me laissez. Mais aucun de vous n'est seul. Moi, je le suis. Pourquoi ? Pourquoi me laissez-vous toute seule, avec tous ces gens ? Vous ne voyez pas qu'on me veut du mal ?

Bien sûr, nous pourrions penser qu'elle commence sérieusement à délirer. Bien sûr, si elle était française de souche, nous en conclurions, comme les personnes qui l'ont interviewée, qu'elle a une araignée au plafond. Cette hypothèse ne saurait être exclue, mais elle ne suffit pas. Nous, nous la connaissons de l'intérieur. Nous savons d'où elle vient. Rien ne lui est plus étranger que les modalités d'approche d'une thérapie personnelle. Et rien ne lui est plus familier, malgré les années qui ont passé, que de se méfier de son environnement immédiat, et des dangers mortels qui peuvent se cacher derrière des paroles aussi aimables qu'insidieuses. Dissimuler, cacher, ne jamais rien livrer de personnel est chez elle une seconde nature. Nous savons, nous, ses propres enfants, à quel point cette grande bavarde est une tombe. Nous connaissons, la plupart du temps par recoupements, quelques épisodes précis de son histoire, mais nous ne savons rien de ses états d'âme, de ses peurs, de ses désespoirs. Rien. Pas un mot. Juste, parfois, des regards, si lourds, si lointains, laissent deviner des abîmes. Maman est, et a toujours été, un mystère souriant et affable. Les thérapeutes pleines de bonne volonté, qui commencent par lui poser des questions anodines, ont-elles conscience une seule seconde que les interrogatoires de police ne commencent pas différemment ? Maman a gagné sa vie, sous la dictature, en mettant un point d'honneur à refuser d'accomplir le « service social » franquiste, sésame des portes de l'emploi. Elle a donc travaillé soit au noir, soit en mentant avec l'aplomb que donne la bonne conscience. Elle risquait gros, alors, et n'a jamais hésité à compromettre sa sécurité pour pouvoir garder la tête haute vis-à-vis d'elle-même. Encore une fois, comme souvent, nous commençons notre réunion de mousquetaires avec des mines déconfites et la finissons en larmes de rire, à imiter maman mettant en branle, face à la joyeuse gériatre, par un réflexe venu de très loin, la zone de son cerveau qui lui permit d'affronter, jadis, une nuit d'interrogatoire dans les lugubres sous-sols de la DGS, à Madrid, à l'époque de l'arrestation de mon père. Face au sinistre salopard qui essayait de lui faire raconter sa relation avec un subversif, déserteur de surcroît, elle joua les bécasses jusqu'à l'aube avec tellement de conviction qu'ils la relâchèrent. Ses interlocuteurs, pourtant, n'étaient pas connus pour s'en laisser conter. De quoi dérouter les blouses blanches. Notre thérapie à nous, qui consiste à évoquer encore et encore les vieilles tribulations de la famille, fonctionne parfaitement pour nous requinquer.

Si nous connaissons maman, elle nous le rend au centuple. Elle a trouvé les intonations, les arguments. Elle a gagné. Au grand dam de l'équipe, le 21 mars, jour du printemps, une ambulance la ramène. Chez elle, enfin. Après presque un mois. Elle va fêter Pâques à la maison, avec nous tous. Dès lundi, nous irons la voir à tour de rôle, comme si elle était encore hospitalisée. Elle ne doit plus se sentir seule. Papa est en vadrouille permanente, et c'est très bien comme ça. À nous de l'entourer.

Ay, ay, ay, cantaba

Je fais frire de l'ail dans de l'huile d'olive et après, encore tout chaud, je le mets dans du pain frais, croustillant. Je mords dedans. Je n'ai pas faim, pas faim du tout, vu que c'est lundi de Pâques et que je me suis empiffrée de chocolat en forme de cloche, d'œuf, de crevette, de coquillages, pourquoi font-ils des trucs de Pâques en fruits de mer je ne sais pas. Ça donne l'impression d'avoir mangé un repas complet rien qu'en chocolat… J'en suis à mordre dans le pain chaud avec les petites gousses d'ail fumantes à l'intérieur. C'est pas bon. Du tout. Comment ça se fait ? C'était si bon avant, dans le temps, quand maman faisait des *migas*, plat nostalgique par excellence, qu'on commençait par l'ail et que c'était bon à mourir… À mourir, l'association d'idées se niche là, sans doute… Comment ça se fait que c'est pas bon ? D'abord, comment ça se fait que je me sois mise à frire de l'ail, alors que je n'ai pas faim et que j'étais au téléphone, le sans-fil, coincé sur l'épaule. Tout en parlant j'ai sorti la petite poêle antidérapante, j'ai versé de l'huile d'olive et libéré les gousses. Mis sur feu vif. Ça a failli brûler, j'ai baissé d'un cran et même de plusieurs. En ligne, Rémi. Elle revient de voir maman. Elle a la voix qui tremble, les larmes sont là, toutes proches, au creux de mon oreille. Le regard de maman cet après-midi. Le regard de maman n'est plus tout à fait le regard de maman. Quelque chose s'effrite, renonce, s'éloigne… Quelque chose qui lui évoque celui de Tita, quand elle a cessé d'avoir envie de vivre, quand elle a lâché la rampe, qu'elle faisait encore de l'humour, et du bien noir, elle avait compris et prenait la chose avec philosophie, ou fatalisme, ou conscience de son impuissance, pour ce que ça change, autant en rire… Je suis là à frire de l'ail pas bon, et je vois les yeux de maman, ses yeux magnifiques, ses yeux de miel qui ont changé de couleur à cause d'un médicament, mais mieux vaut une maman qui y voit avec des yeux marron qu'une qui n'y verrait rien avec des yeux d'or. Cependant une chose n'a jamais changé jusqu'à maintenant, et c'est sa rage de vivre, de survivre, d'être là… C'est ça qui semble flancher, et c'est ça, sans doute, qui m'a fait allumer la plaque sous de l'ail qui ne frit correctement que quand on a la technique. Moi c'est pas de l'ail culinaire, pas du gastronomique, c'est de l'ail de chagrin, de douleur. C'est de l'aïe, *ay, ay, ay, canta y no llores*, un truc comme ça, venu du fond de l'enfance, de ce territoire qu'on aurait voulu ne jamais quitter. C'est pas que c'était si bien que ça, c'était, aussi, long et ennuyeux, mais c'est qu'ils étaient tous là, au moins de temps en temps, en pleine forme alors, et qu'est-ce qu'on riait, qu'est-ce qu'ils étaient drôles, tous, chacun dans son genre, une vraie bande de clowns…

Balcon

Avril 2008

« Dans la vie, c'est comme ça, y a des hauts, et des bas ouh, ouh », chantait Diane Dufresne en planant, il y a longtemps, quand maman en était encore à danser à travers l'appartement, à faire l'andouille, transformant ce qu'elle avait dans la main, balai, magazine ou brosse à cheveux, en accessoire de music-hall…

Le 1er avril, une semaine plus tard, je vais voir mes parents. J'ai pris une grande décision. Tenter le RER. Je cède aux sirènes antivoitures, j'en ai marre de passer deux heures au volant pour faire moins de vingt kilomètres. Je me suis équipée en matériel d'isolement sensoriel, mon baladeur et un livre. Il me suffit d'assortir la musique à la lecture et je voyage en première classe dans la grisaille et les visages résignés. Je fais connaissance, dès mon baptême, avec les aléas de la RATP. Plus d'une demi-heure d'attente à Châtelet. Moi qui voulais gagner du temps, *me ha salido el tiro por la culata.* Le coup est parti par la crosse.

Je ne suis donc restée que vingt minutes avec eux.

En partant, je me suis écartée de l'immeuble au cas où maman serait à la fenêtre pour me dire au revoir. Depuis qu'elle est rentrée, c'est une chose qu'elle ne fait plus. Et là, pour la première fois, elle y est ! Souriante, agitant la main. Je réponds à son salut et sens les larmes monter. Ça y est, elle est vraiment revenue. Elle va tellement mieux, elle marche comme avant, elle parle comme toujours, elle reprend les rituels. J'ai envie de danser. J'appelle Rémi, pour partager. Puis je pars à l'envers, en contournant l'immeuble dans l'autre sens, direction le RER. Tout en parlant dans mon portable, j'entends des hurlements, comme un chien enfermé, ou un fou. Je ne fais pas attention. Ça insiste, ça en rajoute. Illumination. Je lève les yeux. C'est au cinquième. Papa, là-haut, est perché sur cette partie du balcon que je ne vois pas d'habitude, vu que je pars en voiture. Il crie pour attirer mon attention, en bras de chemise, moustache au vent. À son côté, maman, minuscule, s'agite aussi. Je leur fais des grands signes avec le bras. Voilà, plus de quatre-vingts balais et ils font les cons sur le balcon, il aboie pour faire coucou, elle bat des ailes pour ne pas être en reste. J'éclate de rire. Voilà, Rémi, tu vois, dans la vie, c'est comme çaaa… Y a des hauts, et des baaas…

Fronton

Novembre 2008

Si la transparence et la sincérité menaient le monde, on trouverait, au fronton des maisons de retraite, cette inscription : « Toi qui entres ici, abandonne toute espérance. » Mais si la transparence et la sincérité menaient le monde, les maisons de retraite n'existeraient pas. La mise en garde que Dante a située à la porte des Enfers trouve tout son sens dans ces établissements spécialisés dans la fin de vie telle qu'à notre époque on l'organise. On pourrait ajouter à la formule : « Oublie ta dignité. Oublie celle que tu fus. Oublie que tu as des droits. Oublie que tu es une adulte. Et dépêche-toi de crever, tu encombres le monde. » Ici, pas de gardiens effrayants ni de monstres cauchemardesques. Une certaine qualité d'horreur ne devient perceptible qu'avec le temps et le détail qui tue.

Mettre sa mère dans une maison de retraite. La seule image que j'associe à cet acte peu glorieux me vient d'un film italien des années 1970, *Les Nouveaux Monstres*. Alberto Sordi, je crois, emmène sa vieille maman, toute petite, toute ratatinée, dans une luxueuse maison pour vieux. Elle dit, encore et encore, qu'elle ne veut pas y rester. Il répète comme une litanie :

« Traitez-la comme une reine, comme une reine ! » Puis il s'en va en la laissant là. Un monstre, donc.

Mettre notre mère dans une maison de retraite ? Nous avons retourné la question dans tous les sens sans trouver la réponse. Il faut se rendre à l'évidence. Maman est malade, maman se cogne, maman tombe, maman casse. On fait l'inventaire : elle s'est fracturé le col du fémur, le poignet gauche, les radius et cubitus droits, une dent de devant, elle se fait des bleus partout à cause des médicaments qui fluidifient son sang dans le but d'éviter un nouveau caillot qui irait rebloquer ce qui lui reste de muscle cardiaque. Nous avons tous peur, en permanence, d'une nouvelle chute qui lui serait fatale. Nous avons tous peur, en permanence, un jour ou l'autre, de ne pas arriver à temps, ou que papa échoue à la relever, ou même qu'il lui retombe dessus. Nous avons tous peur, en permanence, de les trouver inanimés, comme des tortues sur le dos, achevés par leur incapacité à se mettre debout tout seuls. Maman a été hospitalisée début juin à Amboise-Paré, sans rien de cassé, parce qu'un matin elle n'arrivait pas à quitter son lit, semblait à bout de forces. Anémie, manque de fer, je ne me souviens plus laquelle de ses déficiences on traite cette fois-là. En quelques jours son énergie revient. Elle recommence à faire ses niches habituelles, toutes basées sur les mêmes principes. Elle cache ses affaires alors qu'elle est venue avec le strict minimum. Et elle tente de s'évader. Elle a tellement bien planqué ses pantoufles qu'on ne les a jamais retrouvées. Pourquoi ? On ne sait pas. Après que tous ses paramètres ont été vérifiés et ses taux consolidés, on la transfère, pour qu'elle achève de récupérer, à Sainte-Perrine, une jolie maison de repos à ce qu'on me dit, avec un grand jardin, des chambres claires, spacieuses et une excellente équipe. Le jour même, en fin d'après-midi, je lui rends visite. L'endroit correspond à la description. Maman n'est pas dans sa chambre. Je pars à sa recherche, vaguement inquiète. Elle ne risque rien ici, mais où est-elle passée ? Je ne mets pas longtemps à apercevoir sa silhouette, tout au bout d'un couloir. Elle déambule précautionneusement, elle a peur de tomber, mais sa peur n'arrive pas à la cheville de sa curiosité. Je la reconnaîtrais entre mille. Si ça n'était pas le cas, elle porte dans le dos un énorme panneau adhésif avec son nom et le numéro de téléphone de l'établissement. Étrange coutume. J'interroge une infirmière qui passe, elle m'explique que ça n'a rien d'exceptionnel, ils font ça pour les patients qui partent en vadrouille et ne retrouvent pas leur chemin. De toute façon, elle n'a aucune conscience d'être aussi repérable qu'un pensionnaire de stalag, l'opération marquage est menée avec discrétion. Il faut s'y faire, nous sommes dans un autre monde, où maman est différente. Je la rattrape en deux enjambées, la prends dans mes bras. Elle veut se balader ? Je l'accompagne.

J'y vais tous les jours. J'arrive toujours discrètement, je jette un œil par la porte ouverte, pour la surprendre avant qu'elle ne passe en mode représentation. Je guette sur son visage son expression spontanée, et ne frappe qu'après. Un après-midi, je la trouve sagement assise dans son fauteuil, face à son lit, regardant vers son oreiller avec une application singulière. Je me penche vers elle, je l'embrasse, elle fixe toujours son lit. Je me retourne : une inconnue est couchée à sa place et observe placidement ma mère. Elles se font face, semblent attendre quelque chose, mais ne disent rien et donnent l'impression qu'elles pourraient passer la journée ainsi, comme si la première à parler perdait la partie. Mais quelle partie ? Je sors dans le couloir, interpelle la première infirmière croisée et lui demande si ma mère a changé de chambre. Pas du tout. Alors que fait cette dame dans son lit ? L'infirmière ouvre des yeux ronds, passe la tête et s'esclaffe :

— Eh bien, madame Raymond, vous vous êtes encore trompée ?

Mme Raymond se souvient du numéro, mais pas de l'aile. Elle accepte à contrecœur de se laisser piquer sa place. Maman la regarde partir d'un air dubitatif. Une aide-soignante est demandée pour changer les draps, Mme Raymond avait gardé ses chaussures. J'ai envie de rire, ou alors de pleurer, difficile à dire. Elles sont bien larguées, toutes autant qu'elles sont. Quelques jours plus tard, on la change de chambre, elle passe dans une aile plus résidentielle, moins médicalisée. Une chambre double. Il paraît qu'il n'y en a pas d'autre.

Sa voisine de chambre s'appelle Valentine. Quatre-vingt-quatorze ans. Un moineau, toute fine, presque translucide, quelques cheveux blancs en bataille, des yeux noirs intenses, un visage serein et, surgissant de cette fragilité extrême, une voix grave, forte, ferme. Quand une voisine de couloir, à moitié déshabillée, musarde en invectivant tout le monde, elle dit : « Oh, celle-ci, elle est impayable ! » Et elle sourit avec sur le visage toute la gentillesse du monde. Elle a dépassé l'hostilité. Entre maman et elle, complicité immédiate. Dame, c'est que Valentine est plus âgée, plus frêle, maman retrouve son rapport au monde, elle peut avoir l'air de la protéger, de lui éviter des désagréments, elle peut appeler les infirmières avec plus d'autorité qu'elle ne le ferait pour elle-même. Elle est aux anges, même si Valentine se révèle très autonome, et peut-être à cause de ça. Valentine ne communique pas sur les inévitables misères du grand âge, elle reste discrète et met un point d'honneur à rester impeccable sans aide extérieure. Elles sont sur la même longueur d'onde.

Sainte-Perrine a un beau jardin et c'est l'été. Avec mes frères et sœur, nous prenons des habitudes. Nous descendons boire un jus de fruits ou un soda à la cafétéria, maman commence à connaître du monde, salue les infirmières et les aides-soignantes. Je lui masse les pieds avec de l'huile d'amande douce. Gonzalo lui offre des pâtes d'amande, des dates, des loukoums, qu'elle emballe et thésaurise au lieu de les manger. Rodrigo lui apporte des photos de famille, qu'elle planque au fond de son tiroir. Ma sœur lui fait descendre l'étage à pied, et remonter, avec une patience infinie, elle reprend nettement des forces et du courage. On la fait marcher, on la stimule, on est encore pleins de l'idée qu'elle va s'en sortir. Elle aussi. Le 15 août, pour son anniversaire, on lui apporte un vrai pique-nique espagnol, avec tout ce qu'elle aime. On se ménage une petite enclave ibérique, sous une tonnelle, à l'abri des regards et des écoutes. Elle boit un peu de champagne, on plaisante, on chante aussi discrètement que possible, pas se faire remarquer en tant que smala exotique, vieux réflexe. Elle semble s'amuser. On est presque dans la vraie vie.

Valentine adore les visites, elle fait des compliments à ma mère sur la beauté de ses petits-enfants, les deux grands et les deux plus jeunes. Mes neveux, dans la splendeur de leur vingtaine, corps souples et sourires ravageurs, apportent avec eux un souffle de fraîcheur d'autant plus spectaculaire qu'il contraste avec l'environnement. Ils lui font la bise à elle aussi, lui proposent de partager les douceurs qu'ils apportent à leur grand-mère. Ils sont parfaits. Valentine, enchantée, décline l'offre, elle n'a plus d'appétit, plus envie de rien, dit-elle, mais elle est ravie d'échanger avec la jeunesse. Maman jubile, trop fière.

Un après-midi, je regarde à travers la lucarne de la porte et les vois en grande conversation, animées, souriantes, les yeux brillants. Deux collégiennes échangeant des secrets. Image d'autant plus réconfortante que je me rends compte en approchant que maman parle en espagnol, et que Valentine n'a pas son appareil auditif. Elle n'entend rien, et de toute façon elle ne comprend pas la langue. Elles communiquent à un autre niveau, à des hauteurs inconnues de nous.

Une routine s'installe. Quand je m'apprête à la quitter, elle proteste.

— Tu pars ?

— Oui, maman.

— Déjà ?

— Il est huit heures, maman.

— Mais où vas-tu ?

— Chez moi, retrouver mon fiancé.

— Ah oui, c'est vrai, tu as ta vie, c'est normal.

Je ne suis pas sûre que ça soit si normal que ça. Avoir une vie, oui. Laisser choir sa mère tous les soirs, non. Pour atténuer mon remords, je lui indique où je vais passer, pour qu'elle regarde. Je lui ferai signe en tournant au coin de la grille, comme elle faisait jadis quand j'allais à l'école. OK ? Je l'embrasse, je la serre bien fort, comme je ne le fais jamais habituellement. Je n'ai jamais donné dans la démonstration affective, mais là, elle en a besoin, et moi aussi. Je descends, je traverse le jardin, regarde en l'air. Elle est là, dans l'encadrement de sa fenêtre, souriante, et il m'est impossible de savoir ce qu'elle pense vraiment. Je disparais à ses yeux et l'imagine restant là, à regarder dans le vide et à se demander où est sa vie, à elle.

Nous sommes convoqués pour discuter de la suite des événements avec une psy, un kiné et un gérontologue. Ils ont établi un bilan. Nous les avions prévenus de sa réaction précédente, si bien qu'ils ont oublié les méthodes classiques, les petits dessins et associations d'idées, et se sont contentés de la faire parler, en discutant autour d'un thé, mine de rien. Ça a fonctionné pendant un certain temps, puis elle s'est fermée. Elle s'y entend à merveille pour brouiller les pistes. Dès qu'elle a compris qu'on la testait, elle ne s'est exprimée qu'en espagnol. Souriante, affable et évasive, elle est restée attentive mais pas un mot de français n'est sorti de sa bouche. Je sais pourquoi. Elle a conscience que de temps en temps son esprit lui échappe. Parler une autre langue lui permet de mettre sur le compte du décalage culturel toute faille pouvant apparaître dans son discours. Elle mise sur cette stratégie d'évitement pour qu'on lui foute la paix. Des psys ? Et puis quoi encore ! Tout ce qu'elle veut c'est rentrer chez elle. Point. Elle en a quand même assez dit pour que les Sherlock du cortex concluent qu'elle n'a plus toute sa tête, comme on dit. Merci, on avait remarqué. L'équipe nous pose quelques questions sur son comportement. L'une d'entre elles me frappe comme une évidence : dernièrement, vous a-t-elle téléphoné, ou bien est-ce vous qui l'appelez ? Je prends conscience que depuis quelques mois elle répond, mais ne prend pas l'initiative de composer un numéro. Le spectre d'Alzheimer se met à voleter dans la pièce. Non, nous rassurent-ils. Ses capacités sont atteintes, mais ce n'est pas Alzheimer. Pas encore. Et alors ? Alors elle risque de devenir ingérable. Et alors ? Alors vous ne pourrez plus la prendre en charge, c'est un métier. S'occuper de sa propre mère, un métier ? Oui, il faudrait songer à l'intégrer dans une structure spécialisée. Structure spécialisée ? Qu'en termes élégants ces choses-là sont dites. Vous voulez dire un mouroir ? Non, non, les choses ont évolué, ça n'a plus rien à voir avec ce que vous pouvez imaginer ! Une maison de retraite d'aujourd'hui est humanisée, on ne se contente pas d'héberger les aînés, on les soigne, on les stimule, on leur redonne vie, si, si… Aujourd'hui, une charte des personnes âgées a été établie par la « Commission droits et libertés » de la Fondation de gérontologie en 1986. Et elle doit être placardée dans chaque maison de retraite ! Voilà qui nous rassure ! Quand on doit réaffirmer des principes évidents par voie d'affichage, c'est que justement ils n'ont rien d'évident. Si Gonzalo était là, sûr qu'il balancerait son hennissement favori. Il trouverait ça irrésistible, le coup de la pancarte, je l'entends d'ici : « *Arbeit macht frei*, c'est bien connu ! » Notre air dubitatif les dissuade d'insister. Songez-y, de toute façon, il faut tellement longtemps pour obtenir une place que, même si vous déposiez un dossier aujourd'hui, il faudrait plusieurs mois, voire des années, pour que vous obteniez satisfaction.

Je doute de leur capacité à évaluer ma mère. Ils ne la connaissent pas comme nous on la connaît. Maman ne peut leur dissimuler ses données physiologiques, mais pour le reste, ils peuvent toujours courir. Elle s'y connaît comme personne pour contourner les obstacles, laisser croire, laisser dire, et suivre son propre chemin. Même ses signes de faiblesse lui servent. Je sais aussi à quel point elle est déchirée entre l'envie qu'on s'occupe d'elle et la culpabilité de nous voler du temps. Elle fait semblant d'accepter de bonne grâce ce qui lui fait horreur si elle pense que ça nous facilite la vie. Puis elle suggère, au détour d'une phrase, ce qui lui ferait vraiment plaisir. De toute façon, elle n'en fait pas mystère. Ce qui lui fait plaisir, c'est d'être chez elle, avec nous.

Difficile de naviguer entre tant de récifs. Pouvons-nous nous contenter de la renvoyer à la maison, pour que, dans deux ou trois jours, semaines ou mois, elle se retrouve de nouveau en danger, qu'elle tombe, et soit incapable de se relever ou d'appeler à l'aide ? Que faire ? Lequel d'entre nous est prêt à la prendre à la maison comme faisaient les familles d'autrefois ? Et quand bien même nous imposerions cet exercice à nos partenaires de vie, saurions-nous interpréter les signes s'il lui arrivait quelque chose de grave, alors que nous avons déjà démontré notre incompétence à plusieurs reprises ? Comment être sûrs que nous faisons le mieux pour elle ? Il n'y a pas de bonne solution. Seulement le choix entre deux cauchemars. Un des thérapeutes nous a fait remarquer qu'il vaut sans doute mieux la changer d'environnement pendant qu'elle va encore bien, qu'elle conserve la capacité de créer de nouveaux repères, plutôt que de le faire poussés par l'urgence, plus tard, trop tard… Cela nous semble judicieux.

Elle se sent bien ici. Elle s'amuse, elle baguenaude et elle a une copine. Tout va bien. Trop bien, sans doute. C'était trop beau.

Suivant à la lettre les conseils des experts, j'ai commencé à chercher une maison de retraite qui pourrait héberger maman. Prendre soin d'elle. Lui fournir un semblant de vie sociale, avec d'autres Valentine et même, qui sait, un Valentin qui lui ferait du charme. Je sais, je rêve debout mais je tiens de maman cette capacité à rendre les choses supportables. L'imagination est un paquet-cadeau, rubans et papier scintillant emballant toute détresse. Sans cette prothèse mentale, je ne suis pas sûre que j'aurais le courage d'envisager le séjour de ma mère dans ce genre d'endroit. J'en parle avec mon amie Margot, ma référence pour tout ce qui touche au médical et au paramédical. Son père a eu Alzheimer pendant des années, elle en est restée incollable sur ce qu'il faut rechercher et éviter dans ce domaine. Elle me fait une de ces remarques qui naissent de la pratique :

— Ne fais pas attention au luxe apparent, ça ne veut rien dire. Si tu as le choix, va plutôt chez les protestants, ce sont les plus humains, ils ne torturent pas les gens.

On ne saurait être plus clair. Le critère de sélection est la propension à éviter les mauvais traitements. Je sais qu'ils font partie des risques, mais nous allons passer la voir tous les jours, à n'importe quelle heure, ça devrait supprimer cette terrifiante éventualité.

Je cherche sur Internet, je sélectionne, j'envoie des courriers. Je me prépare à une longue quête, puisque tout le monde m'assure que les places sont rares, l'attente indéfinie… À ma totale surprise, je reçois en quelques jours non pas une mais deux réponses positives : il y a de la place dans des établissements très proches du domicile de mes parents, et il se trouve que le plus proche, à cinq minutes à pied, est… protestant ! Décontenancée, je partage avec mes frères et sœur à la fois surprise et déception. Pour l'instant, elle est si bien où elle est que nous pensions l'y maintenir aussi longtemps que possible. En attendant, nous allons visiter les lieux, Rodrigo et moi, chacun le sien. Je vais dans le plus moderne, qui vient d'ouvrir, les chambres sont presque luxueuses, la bonne volonté imprègne les murs.

Tout est nickel, bien peigné. Un jardin sans arbres, protégé par de vilaines grilles métalliques et discrètement carcérales, aère les pensionnaires bien rangés sur des bancs. En parlant avec le personnel, je sens une sorte de rigidité dans les bons principes. Ici, on sait ce qu'il convient de faire. Et on le fait.

Mon frère va dans l'autre, le protestant. Il n'y a personne à l'accueil. Une dame, fille de résidente, propose de lui faire visiter la bâtisse, qui date de la fin du XIXe siècle. Ce n'est pas la plus luxueuse, ni la plus moderne. Mais elle a un charme vieillot, un grand jardin avec des arbres magnifiques clos par un mur de pierre où commence à rougeoyer un ampélopsis envahissant. C'est un samedi, il y a du monde un peu partout, des enfants jouent au ballon. Il fait parler sa guide, qui ne tarit pas d'éloges.

— Ma mère est grabataire, la pauvre, elle a besoin d'une prise en charge, moi je ne peux plus, c'est au-dessus de mes forces. Je suis soulagée de la savoir en sécurité.

Au retour, il nous fait part de son impression, plutôt bonne. Je prends rendez-vous en début de semaine pour rencontrer l'équipe dirigeante. J'apprends que le directeur, en vacances, va être remplacé par une directrice dès les premiers jours de septembre. En attendant, l'intérim est assuré par une robuste infirmière qui ne doit pas éprouver de difficulté particulière à soulever un corps inerte. Rassurée par le mot « protestant », par la lumière d'août et la présence évidente des familles, je mets sur le compte du manque d'habitude le malaise que provoquent en moi la tristesse des visages, la ruine des corps, la lenteur des mouvements et le sentiment de solitude qui plane, malgré les couleurs vives et infantilisantes dont on a cru devoir égayer la décoration. Je ne peux me défaire d'une défiance spontanée devant les sourires confits, les intonations doucereuses des personnes qui répondent à mes questions. Il est rare que ce genre d'expression cache autre chose que le contraire de ce qu'elle a l'air d'afficher. Avant de leur intenter un procès d'intention, je décide de me fier à mes observations plutôt qu'à mes préjugés. On me montre la chambre disponible, au deuxième étage. Elle est grande, mais laide et défraîchie. On m'assure qu'au premier, une chambre rénovée doit se libérer prochainement, son occupant devant changer d'établissement pour se rapprocher des siens. Et il est prévu qu'elle nous soit affectée. Dans ce cas, puis-je attendre qu'elle se libère avant d'amener ma mère ? Oui, mais si vous refusez une chambre, vous vous retrouvez en fin de liste, et Dieu seul sait combien de temps ça peut durer, là, vous avez eu de la chance… Je comprends que quelqu'un a eu le bon goût de mourir, ça a dégagé les perspectives. Mais la plupart du temps l'attente se mesure en mois et même en années… En d'autres termes, il faut sauter sur l'occasion. Je décide de revenir avec maman, et d'observer sa réaction.

Le jour dit, je passe prendre ma mère, ravie de sortir. Elle adore que je la promène en voiture. Je lui explique le but de la promenade en évitant de prononcer *maison de retraite*. Je dis *une autre maison de repos*. Hypocrite ? Lâche ? Prudente ?

— Tu sais, je suis très bien là où je suis.

— Oui, mais là où tu es tu ne peux pas rester, c'est un endroit médicalisé…

C'est vrai, il m'a été confirmé qu'ils ne peuvent pas la garder beaucoup plus longtemps à Sainte-Perrine.

— … Et tu vas beaucoup mieux !

C'est vrai aussi.

— Alors je rentre à la maison !

— Tu ne vas pas bien à ce point-là, *mamá*. Tu te rends compte que tu n'es pas guérie ?

— Oui, je me rends compte.

Elle a dit ces derniers mots avec une humilité raisonnable qui me fait mal, qui creuse un peu plus le trou qui s'ouvre dans ma poitrine. Elle s'en remet à nous, les yeux ouverts, en toute confiance. Et je lui mens, je lui parle de guérir alors qu'on ne guérit pas de cette maladie-là. Alors pourquoi est-ce que je lui mens, à elle qui a toujours su percevoir mes mensonges avant même que je les prononce ?

Parce que ce mensonge-là, elle est la première à vouloir l'entendre.

On visite. Elle aime le jardin, s'arrête devant les dahlias, les roses. Je l'entraîne à l'intérieur, elle déambule sans réaction particulière. Je décide de rester déjeuner, avec elle et d'autres pensionnaires dans un salon qui n'a rien d'un réfectoire. Le réfectoire existe, pourtant, mais il semble qu'on puisse choisir. Je ne vois pas maman se soumettre de gaieté de cœur à quelque discipline de groupe que ce soit. Mais une maison de retraite n'est pas un pensionnat, on me l'a affirmé clairement à ma première visite. Une maison de retraite n'est pas un hôtel, me dira-t-on plus tard.

Nouveau débat. Que convient-il de faire ? Y aller ou pas ? Quel est l'autre terme de l'alternative ? Qu'elle reste à la maison, et nous dans la crainte permanente ? Ou faire un essai chez les spécialistes, et la crainte perdra, peut-être, de son acuité ? Sommes-nous en train de jouer les nouveaux monstres ? Elle s'est bien adaptée à Sainte-Perrine, pourquoi pas ailleurs si nous choisissons bien ? Nous voilons-nous la face ? Ou bien n'y a-t-il rien d'autre à faire ? Nous avons tous les mêmes doutes, les mêmes craintes. La même certitude que, quelle que soit notre décision, nous nous sentirons coupables.

Nous décidons de tenter l'expérience, persuadés qu'à la première alerte, nous la ramènerons à la maison. Le premier à afficher un net soulagement est papa. Il n'a pas peur de la mort, c'est établi. Il a fait la guerre, nous le savons. Mais à la lente souffrance de ma mère et à la constance qu'elle exige il ne sait pas faire face. Pour lui aussi, à travers tant de tempêtes, elle représente le refuge, la protection. A-t-il conscience que depuis plus d'un demi-siècle elle ne lui a jamais fait défaut, malgré les bisbilles, rancunes et frustrations, ou ne se sent-il pas la force de la voir amoindrie ? Il n'en dit rien. Pour contrer ce que cette douleur éveille chez lui, il adopte une stratégie de cheval. La fuite. Il vient la voir et regarde par la fenêtre. Il se porte mieux qu'elle, mais maman à la maison lui ferait affronter une angoisse que nous ne pouvons lui imposer.

Les démographes annoncent la couleur depuis des décennies. Il y a, il va y avoir, surproduction de vieux. Et les vieux, à plus ou moins long terme, c'est chacun de nous, mais nous regardons par la fenêtre. Ils sont nos Indiens. Parqués dans des réserves fermant à clé dès vingt heures, surveillés nuit et jour pour leur bien, ils sont soumis à une discipline de vie qui donnerait envie de se pendre à Woody Woodpecker, *el Pájaro Loco*, le préféré de maman, en personne. Bien que menacés d'extinction à court terme, ils prolifèrent. Sous prétexte que le temps a émoussé leurs sens, on leur sert des tambouilles insipides qui doivent rappeler à certains d'entre eux les pensions d'autrefois. On leur parle comme s'ils avaient cinq ans et un coefficient intellectuel de douze. On les enferme en oubliant que nous devons notre prospérité d'aujourd'hui à leur courage, à leur travail, à leur naïve foi en l'avenir. Et parce qu'on ne peut justifier une maltraitance qu'en mettant les victimes en accusation, on fustige leur égoïsme. C'est qu'ils coûtent cher à la Sécu ! Ils profitent sans vergogne des largesses de la retraite, il ne restera rien à ceux qui suivent ! Ils sucent le sang du système ! Ils ne produisent rien et ralentissent tout ! Ils parasitent la société ! Honte sur eux ! Et la tribu pathétique de prisonniers malades, fragiles, résignés s'excuse d'être encore là, d'encombrer, de peser sur les enfants qu'ils ont mis au monde. Contrôlés, pesés, calibrés comme des poulets de batterie, ils se recroquevillent de tristesse pendant que les statistiques d'espérance de vie boursouflent la fierté nationale. On n'est pas n'importe qui, on a grillé Gibraltar et la Suède, on sera bientôt sur le podium ! Mais dans ces décimales gagnées à force d'acharnement thérapeutique sans compensation morale, où est la vie ? Où est l'espérance ?

Ils en font quoi, de leurs parents, les décideurs ? Bien sûr, l'argent ne fait pas le bonheur. Mais il vaseline le malheur. Si on peut financer, à domicile, le relais de personnes compétentes et bien disposées parce que payées correctement, le stress et le désespoir doivent suffisamment s'atténuer pour que la tragédie des autres perde de sa réalité.

Mais rêvons, pour tous, de nouveaux hussards de la République, fiers d'accomplir une tâche sacrée parce que notre regard sur les aînés, et donc sur nous-mêmes, aura changé. Ce jour-là, les maisons de retraite disparaîtront. Le temps sera venu des écoles de la vie, qui accueilleront ensemble les très jeunes et les très vieux.

Ils ont tant à se dire, tant à échanger. Et nous tant à apprendre.

Maman débarque, à la fin de l'été, dans la maison protestante. Nous découvrons avec elle cette *terra incognita*, ces grands vides où nous faisons vivre nos Peaux-Rouges. Fallait-il que notre angoisse soit profonde pour que nous acceptions d'y laisser maman. Fallait-il que nous ayons peur de la perdre et une foi de charbonnier malvoyant dans un système qui, cahin-caha, semblait faire ses preuves et avait pour mérite incontestable d'assurer sa sécurité physique. Pour le reste, nous comptions sur nous-mêmes.

Ça commence mal. Je proteste d'emblée. La chambre que j'avais trouvée grande et laide est aussi grande et laide que dans mon souvenir, mais un détail n'avait pas été précisé : elle est aussi double. Et la compagne de maman n'a rien à voir avec sa chère Valentine. C'est Denise, une pauvre dame grabataire, ligotée sur son fauteuil roulant parce qu'elle se laisse basculer. Elle gémit en permanence, et de temps en temps hurle des nombres, vingt-deux, quarante-sept, sans qu'on ait la moindre idée de ce que ça peut signifier. Et elle appelle André, et Madeleine, et d'autres inconnus. Anxiogène au dernier degré. Dans le bureau où la nouvelle directrice n'est pas encore arrivée, je tente, les nerfs à fleur de peau, de plaider ma cause sans m'énerver. Comme tous ceux qui laissent ici ce qu'ils ont de plus précieux, j'ai peur de nuire à ma mère, qu'elle paye après mon départ le prix de mes reproches. On m'assure que la chambre du premier se libère dans huit jours. Qu'est-ce que huit jours ?

Gonzalo veut sortir maman de là, sans attendre. Il subodore que le ver est dans le fruit, qu'une affaire qui commence par un mensonge ne peut pas s'arranger. Mais nous autres, les raisonnables, les réfléchis, refaisons les mêmes raisonnements qui nous ont amenés ici. Si on ramène maman à la maison, jamais elle ne voudra revenir et, les mêmes causes engendrant les mêmes effets, combien de temps avant que nous nous retrouvions autour d'un lit d'hôpital, maman pleine de bleus, de perfs et de neurones en maraude, selon un scénario de plus en plus atroce ? Il est urgent d'attendre. *Wait and see.*

— Sauf que c'est maman qui *wait*, et qui se fait scier !

Oui, Gonzalo, tu as raison.

C'est un monde de femmes, ce qui explique sans doute une partie de la négligence et du mépris qui leur sont affectés. Quelques pensionnaires masculins, isolés et vaguement humiliés de se retrouver en minorité dans ces bandes de filles, font profil bas. Les femmes de service se divisent en deux camps : celles qui s'attachent et celles qui s'en foutent. Les douces qui ont la vocation, avec leur grand sourire et leur gaieté communicative, n'entrent jamais dans une chambre sans mettre un peu de baume au cœur de celles qui ont du vague à l'âme, elles connaissent et respectent les marottes des unes et des autres, prêtent une oreille généreuse aux sempiternelles rengaines des esprits égarés. Les autres, les brutales, aussi nombreuses et peut-être plus, semblent en vouloir au monde entier et manifestent leur frustration en créant du tintamarre. Elles font hurler les chariots, cognent les piles d'assiettes, agitent les couverts, ouvrent sans frapper, vocifèrent, engueulent, claquent les portes et opposent aux visiteurs une tronche de matonne ulcérée.

Nous nous organisons. Papa, qui a la bride sur le cou, passe tous les jours. Maman l'accueille avec l'hostilité de celle qui sait qu'elle est dans cet étrange endroit alors que lui est à la maison. Il tente en pure perte quelque facétie, et finit par s'en aller. Il lui apporte des friandises à sa façon : des boîtes géantes d'After Eight, des langues-de-chat, des fruits secs et des bonbons au pin des Landes. Elle met un point d'honneur à ne pas y toucher en sa présence, ne sélectionne ce qu'elle trouve mangeable qu'après l'avoir vu repartir, *El País* sous le bras, et lui avoir éventuellement tiré la langue. Mais qu'il ne s'avise pas de ne pas venir. Il pourrait lui en cuire, manquerait plus que ça, déjà que c'est lui qui s'en sort toujours le mieux… Oui, maman, je comprends. Nous, nous organisons la résistance. Nous assurons une présence quasi constante, à n'importe quelle heure, nous nous faisons connaître de tout le personnel, qui doit savoir que nous pouvons nous trouver là à tout moment. Nous donnons du bonjour, du merci, et demandons des explications sur tout en souriant à tout-va. C'est la méthode maternelle, elle a l'avantage de donner dans la diplomatie, meilleure politique quand on n'a pas vraiment le choix de toute façon. Nous tissons à quatre du cordon ombilical inversé, pour la maintenir sous assistance filiale, sous perfusion affective.

Nous ne savons pas, à ce moment-là, que de semaine en semaine, d'atermoiement en mensonge, de manipulation en approximation, la nouvelle direction, surfant sur notre angoisse, va nous balader et faire durer la situation pendant deux mois. Nous n'en devons le terme qu'à l'idée qu'a eue Gonzalo de mesurer les dimensions de la demi-chambre et d'en vérifier la conformité à la loi. Il suffira alors d'une lettre recommandée demandant, dans la terminologie qui convient, un complément d'information sur les références des textes administratifs concernés pour que survienne le miraculeux déblocage d'une chambre individuelle, au premier étage, toute refaite.

Ce dénouement révélateur de l'état d'esprit de la nouvelle directrice n'a pas encore mis fin à l'intolérable, quand j'annonce à mes frères et sœur que je renonce, pour cette année, à mon séjour d'automne à Santa Monica. Je trouve injuste de leur laisser toute la charge avant que nous ayons trouvé un équilibre. Ils refusent catégoriquement. Il est vital que maman reste compatible avec nos vies telles qu'elles sont, nous risquons sinon de créer plus de frustration que de satisfaction, et il n'en est pas question. Ce serait un très mauvais calcul. Maman ne nous le pardonnerait pas si elle venait à en prendre conscience. Nous sommes quatre, profitons-en pour nous relayer. *Ok, twist my arm.* Je ne suis pas difficile à convaincre. Et c'est en mon absence que maman, finalement, change d'étage. On va enfin pouvoir s'organiser pour de bon.

Big Sur

Novembre en Californie fait comprendre pourquoi Lee, Beth, Will et les autres n'ont rien trouvé à redire à la pluie bourguignonne. Exposés toute l'année au soleil, à l'océan, à une lumière rutilante, ils ne connaissent pas le blues du thermomètre, ni celui de la hallebarde tombant du ciel. Je les retrouve tels qu'en eux-mêmes, la clémence du temps qu'il fait et la bienveillance de celui qui passe les maintiennent au beau fixe. Beth et Will, un peu plus lents peut-être, un peu plus hésitants, ne changent rien à leur dégaine d'amoureux de Peynet. Ils marchent en se tenant par la main, s'appellent mutuellement *honey* et plaisantent sur leurs rides. Les voir si alertes me réjouit le cœur. Et puisqu'on en est aux réjouissances, Lee n'a pas failli, le Billecart Salmon rosé tapisse la porte du frigo comme un régiment à la parade, et une réserve de *jabugo* tout ce qu'il y a d'ibérique confirme qu'elle est une végétarienne stricte mais peu sectaire. De quoi ne pas se laisser abattre. Elle est submergée de dossiers à traiter cette première semaine, mais pour la seconde, puisque Yann doit nous rejoindre, elle propose de lui faire découvrir San Francisco. Nous irons par la route, *freeway* à l'aller et route de la côte au retour. Le matin, elle se met au travail et j'en fais autant. J'ai dégainé mon ordinateur portable et je lui taquine l'azerty face à l'océan. Journées fécondes, interrompues par une heure de marche le long de la plage et une coupe de bulles en fin d'après-midi. Ou deux. Ou trois. En attendant le retour de son mari et le dîner au restaurant. Puis Yann débarque, et nous nous la jouons road-movie. Pour Yann, une découverte. Pour Lee et moi, un *revival*. Combien de fois avons-nous fait ce chemin ensemble vers sa ville préférée ? La première fois, sans permis encore ni l'une ni l'autre, nous avions pris l'avion. Mais depuis, à quatre ou cinq reprises, nous avons préféré la route. Au retour, après une halte nostalgique à Carmel, nous déjeunons à Big Sur, dans le restaurant d'un hôtel suspendu à flanc de falaise. Un aigle royal déployé se laisse glisser, immobile, plus bas que nous, porté par le vent comme par un vassal. Puis nous roulons le long des plages, là où des chemins de bois, aménagés au plus près de l'eau, permettent de contempler les éléphants de mer, les phoques qui paressent au soleil pâlichon. Je m'assieds sur un rocher, mon Starbucks à la main, et l'émotion me saisit. Comment ne pas penser au héros de *La Promesse de l'aube*, couché sur le sable gris ? L'ombre de Romain Gary joue avec les cormorans, les vautours, les mouettes. Tout ici lui appartient. Tout ici porte la marque de l'infini. Et ma mère, qui ne quitte pas mon esprit, s'ébroue elle aussi avec les dauphins, là où les vagues se fracassent en dentelle. Un peu d'iode ne peut lui faire que du bien, alors qu'un texto m'a avisée hier qu'elle avait enfin changé d'étage.

Le jour même de mon retour, bronzée, jetlaguée et détendue, je me précipite pour la voir. Depuis la splendeur de la côte pacifique, je la visualisais dans sa chambrette, j'aurais voulu l'avoir avec moi. Je l'aperçois de loin. Elle discute avec des compagnes de détention, dans le couloir, fringuée n'importe comment. L'as de pique. Elle me voit. Son visage s'illumine, incroyable.

Elle me fonce dessus, au ralenti. « Ma fille ! » Elle me soustrait à l'attention des autres, pas question de partager. Mais comment ils t'ont attifée, maman, heureusement que la vraie toi n'est plus là tout le temps, on n'aurait pas fini de t'entendre râler, toi qui aimais tant être impeccable. On revient vers sa chambre, bras dessus bras dessous. Elle est trop contente, lève les yeux vers moi avec adoration. Je la serre dans mes bras. Elle a quelque chose dans l'échancrure de son gilet, là ou le zip se sépare. Un patch ? Elle en a porté un, pour ses coronaires, pendant quelques mois après son infarctus, mais plus depuis longtemps. Elle a eu une alerte ? Et on ne m'a rien dit ? Pour ne pas m'inquiéter, sans doute. Bonne vieille technique. Le mien s'emballe, de cœur. Je vérifie, ouvre un peu le tricot. Ce n'est pas un patch. C'est la carte postale que je lui ai envoyée de San Francisco, contre sa peau. Comme un doudou. Maman. Ma carte postale sur ton cœur. Te sens-tu si abandonnée pour te grigriter de la sorte ? Je sens les larmes qui battent le rappel. Pas de ça, Lisette, sûrement pas. Pas devant elle. Viens, maman, que je te raconte le Golden Gate. Tu te souviens ? Tu y étais allée pour voir de plus près le rêve de ton père. Je t'ai rapporté des menthes dans une boîte Betty Boop et du *granola* fait maison. C'est bon, hein ?

Elle me regarde, parfaitement lucide. N'a pas envie de mon optimisme démonstratif. Trouve sans doute que je sonne faux, avec mes petits bonbons. A perçu ce qu'ils cachent. Elle me raconte qu'on ne peut pas se sentir chez soi dans une maison de retraite. Que tout ce qu'elle demande, c'est d'être à la maison, avec nous tous. Elle n'a jamais rien voulu d'autre. Parce que c'est comme ça que ça doit être, la vie. Ensemble. Nous tous. Un si petit rêve, si absolument hors d'atteinte.

Death row

Noël 2008

Son dernier Noël. Qu'est-ce que ça aurait changé si on avait su ? Tout, bien sûr. Si on connaissait le scénario à l'avance... Mais nous prenons nos décisions en pensant à long terme, comme s'il suffisait de vouloir pour pouvoir. Pensée magique, la seule opposable aux cruautés du réel. Nous avons en tête de ne pas créer le précédent qui rendrait le retour à la situation antérieure plus pénible encore. Rodrigo, le plus pragmatique, sans doute parce qu'il est celui qui la voit le plus, estime que toute rupture de sa routine la perturbe et qu'elle met des jours à s'en remettre. Ainsi, si je l'invitais chez moi pour quelques jours, le retour à la normale lui ferait plus de mal que son séjour chez moi ne lui aurait fait de bien.

— Mais Rodrigo, c'est insupportable. Ça veut dire que quand tu entres dans ce genre d'endroit, tu n'en sors que les pieds devant !

— C'est comme ça.

— C'est pas parce qu'on est vieux que ça devient acceptable.

— C'est la mort qui est inacceptable, le reste c'est que des arrangements.

— C'est même pas des arrangements, c'est des pis-aller.

— Tu raisonnes comme si elle était toi, mais ce n'est pas le cas. Elle est ailleurs et surtout elle est extrêmement fatiguée. On ne se rend même pas compte de ce que c'est, cette fatigue-là.

— Tu veux dire que c'est moi que je cherche à rassurer, pas elle ?

— Forcément…

Forcément ? Lui aussi cherche à se rassurer en considérant que nous faisons la seule chose possible. On cherche tous à se rassurer. Avoir été élevés par des révoltés contre toutes les injustices ne nous facilite guère la tâche. Comment ne pas lutter contre l'injustice ultime ? Parce qu'il n'y a aucune chance d'y arriver ? Il en faudrait plus pour nous arrêter. L'échec nous est plus familier que la réussite.

À la voir arriver à la maison, accrochée au bras de Rodrigo, encore plus petite que l'année dernière, je mesure à quel point elle a changé. L'idée de marcher seule pour plus de quelques pas ne se pose plus. Elle s'assied dans son fauteuil préféré et n'en bouge guère. Ce qu'elle aime, c'est qu'on lui fasse la conversation. Je lui demande :

— Qu'est-ce qui te ferait plaisir comme cadeau, cette année ?

Elle lève les épaules, sourit faiblement.

— *Ponerme buena.*

Au moment où elle prononce ces mots, elle a cinq ans. *Ponerme buena.* Guérir, en langage enfantin. Elle n'en demande pas plus. Redevenir comme avant, comme elle a toujours été. Je fonds. De tendresse, de chagrin. *De pena.* D'impuissance.

Elle porte un chemisier de soie rouge, quelques perles, de la poudre légère et son rouge à lèvres vital.

Rien sur les yeux, ils se suffisent à eux-mêmes. Elle mange de tout, pour une fois le sans sel peut aller se faire voir. Elle boit aussi, tant qu'elle veut, et quand je repense à sa joyeuse ivresse de ce soir-là, je me dis qu'au moins sur ce point-là on a eu raison. *Que le quiten lo bailao.* Qu'on lui enlève ce qu'elle a dansé. Elle passe la nuit de Noël à la maison. Dort avec moi. Et, comme l'année dernière, elle est heureuse. Émue. Si à ce moment-là j'avais su le temps qui lui restait, qui nous restait, bien sûr que je l'aurais gardée à la maison. Jusqu'à la fin.

Je parle avec une amie qui a affronté la même épreuve quelques années avant moi, et qui aimait passionnément sa mère. Je lui fais part de l'idée qui me poursuit. Ramener ma mère chez moi, ne pas la laisser aux mains d'étrangers. Elle plante ses yeux dans les miens et je vois qu'elle se demande si j'ai perdu la raison. Tu n'y penses pas ! Tu oublies ta vie ou quoi ? Tu sais à quoi tu t'exposes ? N'oublie jamais que l'enfer est pavé de bonnes intentions ! Elle a raison, sans doute. Mais ai-je tort pour autant ? Je mesure ce qui nous sépare. Les Pyrénées, tout simplement. Au Sud, la famille reste unie, quoi qu'il advienne, ensemble, comme les doigts de la main. C'est lourd, mais ça tient chaud. Au Nord, chacun chez soi, on garde ses distances. Il fait frisquet, mais on est libres. On ne choisit pas, on a été élevé comme ci ou comme ça. Nous, avec nos racines d'un côté et nos branches de l'autre, gardons le cul entre deux chaises. On a l'habitude d'être mal assis. On n'a plus qu'à se débrouiller avec les culpabilités contradictoires, les regrets antinomiques. Délices de la double culture.

Papa n'intervient pas. Il ne dit rien, mais nul besoin de mots pour percevoir que, debout sur le frein, il pèse de toute son inertie pour que maman reste où elle est. Comment prendrait-il soin d'elle ? Et comment assumerait-il de n'en être pas capable ? Les After Eight, même en paquets géants, ne suffisent pas. Nous excluons par principe de lui confier quelque responsabilité que ce soit. Elle nous incombe, à nous. Chaque discussion revient au point de départ. On tourne en rond. Et les jours passent. En attendant que les instances supérieures statuent sur son sort, maman suit son petit bonhomme de chemin, s'adapte, comme elle l'a toujours fait. Je devine ses stratégies, qui n'ont pas changé à travers le temps. Apparemment larguée, elle laisse croire au personnel et à ses codétenues qu'elle ne parle pas français. Évitement qui lui permet d'esquiver avec le sourire les conversations qui la rebutent, la fausse sollicitude de quiconque s'adresse à elle en bêtifiant. Signe qu'elle se sent étrangère, encore et toujours. Et qu'elle se méfie. Elle fait du charme à tout le monde. Ses vieilles habitudes de séduction systématique créent l'écran qu'elle croit nécessaire à sa protection. Vis-à-vis de nous aussi elle se cache. Impossible de savoir ce qu'elle pense. Elle a déjà clairement exprimé son désir de rentrer à la maison, n'en dit pas plus et n'exige rien. Est-elle en train de s'habituer, de se faire des amies, ou des ennemies, tout aussi distrayantes ? Un jour, sa voisine d'en face, une minuscule créature aux yeux myosotis, un nuage effiloché en guise de cheveux, lui cherche querelle pour une raison inconnue. Elle lève le poing vers maman et, croyant hurler, lui susurre, menaçante :

— Tu m'fais pas peur !

Ma mère, sourcil circonflexe, se contente de lui décocher une œillade andalouse et ne se donne pas la peine de l'affronter. Elle se détourne façon *desplante*, comme font les toreros en s'éloignant des cornes. J'assiste à la scène du bout du couloir, avec Rémi. On se gondole. La batailleuse nous interpelle :

— Vous direz à votre fille qu'elle est mal élevée.

Moi, sur la défensive :

— C'est pas ma fille, c'est ma mère.

Interdite, elle m'observe, puis désigne ma sœur :

— Elle aussi, c'est ta fille ?

Rémi ne se sent plus de joie :

— Oui, oui, c'est ma mère, je lui ressemble, hein !

Va te faire voir, sœurette. On rejoint maman dans sa chambre :

— Qu'est-ce qui se passe avec ta voisine ?

— Elle croit que je veux lui piquer des affaires… Moi, lui piquer des affaires à elle ! Si vous saviez, *hijas mías*, ce qui se passe ici, surtout la nuit.

— Qu'est-ce qui se passe la nuit ?

— Ils me sortent de mon lit et me mettent une raclée, *sinvergüenzas*.

— Mais qui ça, maman ?

— Est-ce que je sais ? *Gamberros*. On ne peut même pas s'enfermer…

— Bien sûr, tu ne dois pas t'enfermer, ça pourrait être dangereux.

— On voit bien que vous n'êtes pas ici. C'est dangereux de toute façon. Le jour aussi, celles qui viennent, c'est des brutes, elles me battent…

Atterrées, on passe à autre chose. On boit un thé, on lui a apporté des macarons au beurre salé et à la réglisse, qu'elle grignote à peine.

On attend d'être dehors pour commenter. Ce qu'elle perçoit comme de la brutalité de la part des aides-soignantes doit être le cocktail entre l'indifférence de certaines d'entre elles et son propre désir de ne pas être touchée. Maman est devenue si fragile que tout lui fait mal. Quant à elles, surchargées de travail, mal payées, dévalorisées par la nature même de la tâche qu'elles accomplissent, il faudrait en plus qu'elles maternent des personnes qui ne leur sont rien. Comme souvent, entre le marteau et l'enclume, on trouve des femmes pauvres. La société tout entière s'en lave les mains et trouve qu'elles coûtent cher, les unes comme les autres.

Rémi est furibarde.

— Maman faisait sa toilette seule en arrivant ici. Plus maintenant. Ils n'ont pas la patience, tu comprends. C'est du nivellement par le bas. Ils ne prennent pas le temps de lui laisser le temps. Hop, deux temps trois mouvements, ça va plus vite de la manipuler, y compris sans ménagement. Et on passe à la chambre suivante…

— Et les raclées nocturnes, t'en penses quoi ?

— J'ose espérer que c'est du pur délire…

— De toute façon, il faut qu'elle revienne à la maison…

— Bien sûr, même si rien ne nous dit qu'elle saura récupérer les capacités qu'elle avait avant. Ces trucs-là, quand ça part, ça revient pas forcément.

— Mais si elle revient, ça va recommencer, la peur qu'elle tombe, tout ça. Rappelle-toi l'angoisse, permanente.

— On en parle avec les garçons.

On en parle, donc, avec les garçons. Gonzalo se contente de souligner qu'il l'a toujours dit. Rodrigo, qui passe la voir tous les soirs sans exception parce qu'il vit à proximité, est plus nuancé. Peut-être mesure-t-il mieux que nous la difficulté.

— Nous ne savons pas combien de temps la situation va durer.

Je reste sur ma ligne :

— Le plus longtemps possible.

Gonzalo n'est pas d'accord.

— Sûrement pas, Gus. Tu dis ça pour que nous, nous ayons le sentiment que rien ne change, mais on sait bien que ce n'est pas vrai, tout change. Surtout pour elle. Sa vie d'aujourd'hui, ce n'est plus la vie…

Un jour, Rodrigo a dit qu'il aurait sans doute mieux valu que l'infarctus de 2003 lui soit fatal, pour tout le monde et surtout pour elle.

Je n'étais pas d'accord. Mais il suivait son idée.

— La vie est comme un fleuve. Ça commence joliment, une source limpide, c'est traversé par des courants nerveux, quelques chutes, parfois, quand le terrain se dérobe, ça se développe par des méandres magnifiques, mais invariablement, ça finit mal. Arrivé à la mer, ça devient fangeux, marécageux, hésitant et dégueulasse…

Moi : Pas dégueulasse, fécond.

Rodrigo : Fécond pour les oiseaux, les poissons et les moustiques peut-être, mais le fleuve lui-même se répand, ne ressemble plus à rien. La vie, c'est pareil.

Gonzalo intervient : Mais oui ! On devrait abroger les estuaires ! Éradiquer les deltas ! Comment n'y avais-je pas pensé ! Ferdinand Lop voulait supprimer les wagons de queue dans le métro, mais il n'y est pas arrivé, tu le sais…

Rodrigo : N'empêche, s'il y avait moyen d'éviter la fin du chemin, de tout arrêter avant la déréliction…

Rémi : Sauf que maman, elle ne veut pas mourir, ça compte aussi, non ? Elle a très peur de la mort, elle l'a toujours dit. Elle la repousse de toutes ses forces, c'est clair. Elle préférerait se retrouver sourde, muette…

Gonzalo : Muette ? Ne rêve pas !

Rémi : *So funny*, Gonzalo !… Sourde, muette, donc, et même aveugle et sur une chaise roulante, tout plutôt que morte, parce que, pour être morte, elle a l'éternité…

Gonzalo : Oui, mais elle voit ça de sa fenêtre, tu penses bien qu'elle ne s'est jamais réellement visualisée dans cet état, déjà comme elle est en pétard rien qu'avec une béquille…

Moi : Et moi je te dis que tout, absolument tout, est préférable à la mort.

Deux camps se forment, comme souvent. Parfois les deux aînés s'opposent aux deux cadets. Parfois, les deux extrêmes aux deux intermédiaires. Cette fois-ci, il y a les filles d'un côté, les garçons de l'autre. Nous sommes d'avis qu'il vaut mieux être vivante, même en petites coupures, que morte. Les garçons estiment qu'une certaine forme de vie n'est plus la vie. Ils refusent de voir leur mère réduite à l'ombre d'elle-même, ça leur fait trop mal. Et nous les filles préférons son ombre, l'ombre de sa main, l'ombre de son chien plutôt que rien, plutôt que le néant. Qui a raison ? Qui a tort ? Ça ne change rien. Tout le monde souffre. Surtout maman. Qui veut seulement guérir, et que la vie reprenne comme avant. S'engueuler avec papa, attendre qu'on vienne la voir, s'occuper de ses fleurs, écouter les infos ou ne rien faire du tout.

Rémi s'agace.

— Écoutez, on va pas répéter les mêmes choses à l'infini, on a tous raison, en attendant, puisqu'il n'y a pas de bonne solution, prenons la moins pire, OK ?

Rodrigo : Il faut qu'on pense à tout, c'est tout. Qu'on prévoie tout. Qu'on lui simplifie la vie au maximum, que sa chambre à la maison soit aussi spartiate que celle qu'elle a maintenant, peu de vêtements, peu d'affaires, aucun obstacle…

Moi : Déjà, nous, on ne lui fera pas bouillir ses habits, vous avez vu son gilet en cachemire, comment ils l'ont ratatiné ?

Gonzalo : La cuisson des habits, c'est un détail, non ?

Rémi : Et l'histoire des raclées, vous en pensez quoi ?

Rodrigo : Que la limite entre le vrai et le faux devient floue.

Moi : Et qu'elle a peur.

Gonzalo : Moi aussi, à sa place, j'aurais peur. C'est le *death row*, ce truc. Le couloir de la mort. Au moins, à la maison, il lui restera ses illusions, et pour maman, c'est vital.

Rodrigo : Faut pas qu'elle tombe, c'est tout. Je vous signale qu'elle n'est pas tombée depuis qu'elle est là-bas.

Rémi : Si, une fois ou deux, mais rien de cassé.

Moi : Ça a du bon, donc.

Gonzalo : C'est pas une raison suffisante…

Nous sommes d'accord. Il faut prévoir des journées libres pour aménager l'appartement et laisser papa s'habituer à l'idée. Nous n'avons cependant pas répondu à la question essentielle : qui va s'occuper d'elle tous les jours ?

Las cosas de palacio van despacio

Été 2009

Pourquoi avons-nous laissé passer tant de temps ? Étions-nous si peu sûrs d'avoir pris la bonne décision ? Pas si simple. Les jours ne coulent pas à la même vitesse pour maman et pour nous. Elle attend, elle qui en a si peu, du temps. Juste devant sa fenêtre, si près qu'en se penchant on peut lui voler une feuille, le ginkgo biloba, arbre que papa vénère, a changé de couleur plusieurs fois. L'an dernier, à la fin de l'été, quand elle est arrivée, il avait accueilli maman en vert sombre, vernissé. Puis il a mis quelques semaines, le temps qu'elle récupère une vraie chambre, à arborer un jaune sublime, resplendissant, d'une gaieté communicative qui se reflétait dans la pièce comme pour lui donner la bienvenue. Maman en a fait son pote. Elle lui parle comme elle parle aux dessins de Potolones et Picota épinglés sur ses murs, et dont elle interprète chaque détail comme s'il s'agissait de chefs-d'œuvre. Pour elle, ils le sont. Depuis qu'elle ne regarde pas la télé, qu'elle ne lit plus et qu'elle a planqué sa montre, elle s'est trouvé ce nouveau cercle d'amis peu susceptibles de la trahir. Puis le ginkgo s'est courtoisement dépouillé, jusqu'au dernier petit éventail, pour laisser entrer la pingre lumière hivernale. Il a gardé à son pied pendant quelques jours, comme un hommage à sa splendeur agonisante, le tapis doré de sa toison tombée à terre. Il a perdu de sa superbe, mais maman n'est pas femme à laisser tomber un ami dans la mouise. Elle-même ne se sent pas au mieux de sa forme. Elle le console, commente la météo pour les branches noires et maigrichonnes qui hachurent la vue sur le jardin en deuil. Preuve qu'elle a raison d'insister, des bourgeons finissent par apparaître, signent la jeunesse retrouvée de son pote aux mille écus. S'il en était de même pour les humains, ça arrangerait bien les affaires de maman. Elle attend d'être seule pour le féliciter et lui confier ses états d'âme. Les arbres font des amis très convenables. Elle s'est installée dans ses rêves, et quiconque ne la connaîtrait pas pourrait penser qu'elle perd la tête. Mais nous, nous savons qu'elle a toujours fait ça, parce que c'est le seul système d'évasion infaillible.

Nous, nous préparons le terrain. La chambre de maman, vide depuis des mois maintenant, est restée intacte, comme un sanctuaire qu'on se contente de dépoussiérer sans jamais toucher à rien. Le lit a été changé, mais les persiennes demeurent closes. Son placard si profond, dans lequel tiendraient deux armoires normandes, garde tout son mystère. Maman ne jette rien, nous le savons. Devons-nous jeter un coup d'œil ? Est-il utile, dans la perspective de son retour, d'y mettre un peu d'ordre ? Nous ouvrons. Penderie à gauche, étagères à droite, valises au-dessus, boîtes au sol. Une profusion où ne tiendrait pas une tête d'épingle. Quand on connaît les capacités de rangement de maman, qui logerait une batterie de cuisine dans un dé à coudre, on hésite. Les douze travaux d'Hercule en perspective, voire treize ou quatorze. On subodore le capharnaüm. De la pire espèce. Emballé, classé selon un ordre opaque. On se déballonne. On referme. On n'y touchera pas. Non, la chambre n'est pas vide. Inoccupée, oui, mais pleine comme un œuf. La vie tout entière de notre mère est stockée ici. De quel droit y farfouiller ? Ce serait une profanation, que nous aurons à commettre tôt ou tard. Le plus tard sera le mieux.

Pour déterminer les aménagements indispensables à la sécurisation de l'appartement, nous nous mettons dans la peau de maman. C'est à qui se recroquevillera avec le plus de crédibilité, mettra le plus de faiblesse à effectuer les gestes du quotidien. Évidemment, ça tourne à la partie de rigolade. Une mimique, un regard, une attitude familière reproduite avec justesse et on s'écroule tous. Elle est avec nous, puisqu'on s'occupe d'elle. Elle rirait peut-être si elle nous voyait, mais elle nous enverrait surtout *gambar loros*, choper des perroquets. Elle nous enverrait balader. Nous évaluons les dangers qui la guettent. Faisons l'inventaire des endroits propices à la barre d'appui, des trajectoires à débarrasser de tout obstacle. Des meubles à changer parce qu'ils offrent des angles trop aigus. De la salle de bains à transformer. Pas de baignoire, de l'antidérapant au sol. Les tapis à rouler et stocker. Nous jetons les piles de journaux et de magazines qui traînent partout. Mais nous ne touchons à rien d'autre. Plus on avance en âge et plus on s'attache aux objets, qu'on accumule pour marquer le temps de repères tangibles. On se cherche des alliés qui durent. Papa nous observe avec inquiétude. Il ne se sent ni la force de nous contrarier ni celle d'affronter ce qui s'annonce. Nous ne voulons pas brusquer les choses. Et les jours passent dans une ambiance d'impuissance et de tristesse qui devient chronique. Pas de bonne solution, que des moins mauvaises. Rodrigo propose de rester avec elle et que nous partions tous en vacances, en emmenant papa. Ça nous paraît une bonne idée, lui partira plus tard, quand nous aurons récupéré un peu d'énergie.

Rien ne se passe comme prévu. En cette mi-juillet, les bourgeons ont fini de déplisser leur velours et le ginkgo exhibe une jolie robe vert tendre. Mais ce confident fidèle, s'il se montre distrayant, ne sait guère jouer les protecteurs. Un matin, on nous avise que maman est tombée. Qu'elle a été transférée à la clinique où se produisit naguère la panne d'autoclave. Qu'elle s'est cassé le col du fémur. L'autre. La rupture est moins grave que la précédente, l'opération à prévoir est moins lourde, mais il faut bel et bien opérer. Sans que nous soyons consultés, elle va être envoyée dans une autre clinique, à Colombes, qui, paraît-il, abrite le meilleur service orthopédique du département des Hauts-de-Seine. Évidemment je me méfie, évidemment je demande à ce qu'on respecte notre choix à nous. Dix coups de fil plus tard, alors que Rodrigo est parti à sa recherche en éclaireur, puisqu'on nous dit que l'ambulance est déjà partie, j'obtiens qu'elle aille à l'hôpital qui l'a bien soignée à l'époque de cette transfusion qui lui fit tant de bien. Sans le savoir, je viens à la fois de l'orienter vers un service pourri et de lui sauver la vie.

Service d'orthopédie, donc. Rodrigo, après bien des détours, a fini par la retrouver. Nous sommes tous prévenus, papa est en route. On nous annonce une anesthésie locale et, comme en Bourgogne il y a deux ans, on finit, le lendemain, par lui administrer une anesthésie générale, sans que l'ombre d'une explication soit fournie, ni avant ni après. Quand on pose des questions, les uns ne savent pas, les autres ne sont pas disponibles. Le jour où le cursus universitaire de la gent médicale sera doté d'une formation à l'échange entre humains appelé parole, la vie dans les hôpitaux se couvrira de pétales de roses. Là, on en est encore à la tartine de merde. C'est l'été, les vacances, on ferme des services, on en allège d'autres. Rien que de très normal, à condition que l'addition ne soit pas payée par les patients et leurs satellites.

Maman vient d'être ramenée dans sa chambre. J'entre, encadrée par mes deux frères. Elle est allongée, en position semi-assise, la tête rejetée en arrière. Elle n'a pas été coiffée. Sa bouche est ouverte. Elle est saisissante d'immobilité, on ne la voit pas respirer. Je me tourne vers Gonzalo. Son visage est figé dans une expression que je lui connais bien. La même que lorsque, enfant, il en avait gros sur le cœur. Déjà, à l'époque, j'aurais fait n'importe quoi pour que du chagrin, il n'en ait jamais. Et que cette tête-là, il n'ait jamais aucune raison de la faire. Deux lourdes larmes qu'il ne remarque pas lui dévalent les joues. Mon petit frère, mon jumeau, mon écorché. Je ne dis rien, je ne sais pas quoi dire. Il faudrait que je l'embrasse, ou quelque chose comme ça, mais je ne sais pas faire. C'est lui qui parle :

— C'est le visage de la mort.

L'euphémisme n'est pas sa spécialité. Moi, je n'oserais même pas penser ce qu'il vient de dire, de peur que ça arrive. Encore moins le dire. Si elle entendait ? Je conjure :

— Mais non, elle dort, c'est tout.

Je n'en mène pas large.

Rodrigo s'est penché sur elle et lui caresse le front. Comme si elle revenait de l'au-delà, elle ouvre les yeux, sourit. Fatiguée mais bien vivante. « *Hijos mios.* » Elle referme les yeux, épuisée.

Gonzalo murmure, avec une pointe d'admiration :

— Elle les a encore bien niqués.

Qui ça ? L'hosto, la maladie, la mort. Plus tard, Rémi passe, la trouve un peu dans les vapes, mais éveillée, détendue. Elle la coiffe, lui passe une serviette fraîche sur le visage, imbibée de la lavande qu'elle aime. Puis elle nous appelle, nous fait part de son optimisme.

Le lendemain, dimanche, Rodrigo arrive le premier, avec Beni. Ils lui apportent quelques affaires, et quelques douceurs à manger si le cœur lui en dit. Peine perdue. Pâle, désespérée, angoissée comme jamais, elle gît, parfaitement lucide, dégoûtée qu'on la voie dans cet état. Nous arrivons, les uns après les autres, signalons son état à l'équipe, à qui nous n'apprenons rien.

— Il faut la laisser se reposer, elle vient de subir une opération sinon grave, du moins sérieuse, ne vous inquiétez pas. Il lui faut le temps de récupérer.

En d'autres termes, vous êtes lourds, foutez-lui la paix. Pour eux, elle est un cas, un lit, un numéro. Et nous une bande de gêneurs qu'il convient d'éloigner.

Elle ne va quand même pas céder à un col du fémur. Pas après avoir survécu à tout le reste. Gonzalo nous rappelle le sentiment similaire qui avait été le sien, quand au sortir du stress de son premier saut en parachute il reprit sa voiture et se vit refuser une priorité par un papy au volant d'une guimbarde sans âge. L'espace d'une seconde, il avait cru y rester. On ne sait jamais où se cache le danger fatal. Nous quittons l'hôpital le moral en berne et de sombres pensées en tête. Maman, allongée en milieu hostile, se bat toute seule, encore. Et nous ne pouvons rien faire qu'attendre qu'elle vainque ou qu'elle meure.

La nuit même, elle est transférée en soins cardiaques intensifs. Nous n'avons pas besoin d'explications, nous avons déjà vécu ce type d'alerte.

« *Momentos muy duras...* » C'est une phrase que maman a souvent murmurée, pour elle-même, le regard dans le vague. Elle la laisse en suspens, puis elle se reprend. Son sourire, expression la plus habituelle de son visage, revient et elle passe à autre chose.

Je n'ai jamais, du plus loin que je me souvienne, supporté la chanson d'Aznavour « elle va mourir, la mamma... ». Trop forte, trop dure, trop poignante... À l'époque on ne zappait pas, j'aurais bien éteint la radio ou la télé, mais les enfants ne font pas ça, en tout cas pas à l'époque, en tout cas pas chez moi... Alors la chanson se forait un chemin dans mon cerveau, et elle s'y est installée. « Y a tant d'amour, de souvenirs, autour de toi, toi, la mamma, y a tant de larmes et de sourires, à travers toi, toi, la mamma... » Ça me déchirait le cœur. C'est un des moments où maman disait : *momentos muy duros*, en pensant à la sienne, à Yaya, bien sûr. Et moi qui n'avais pas connu et ne connaîtrais pas certains de ces moments durs liés à la guerre et à l'après-guerre, je me disais que ce moment dur là, celui où elle meurt, je n'y échapperais pas. Je voulais juste que ça arrive très tard dans ma vie, que je sois si vieille moi-même, quarante ans ou quelque chose comme ça, un âge tellement canonique que ça ne fait plus de différence parce que tu n'es plus très vivante toi-même. Puis je me disais que le monde devenait tellement moderne qu'on trouverait peut-être d'ici là un moyen, une invention pour que ça n'arrive tout simplement pas et que je reste avec elle pour toujours. Aznavour pouvait bien me crucifier, je me fermais les oreilles, je ne voulais pas l'entendre...

Momentos muy duros… Elle n'en a jamais vraiment dit plus… Elle a dû les collectionner. Elle n'en a jamais rien dit et je mesure avec mon œil adulte que c'est précisément sa réserve qui en dit plus que tous les discours. Désormais son esprit batifole ailleurs, elle n'en dira pas plus. La volonté d'ensevelir est d'autant plus inflexible que ce qu'on essaye d'oublier est dévastateur.

Comme elle était déjà sur place, dans l'hôpital, maman a pu être prise en charge instantanément. Les meilleurs soins, prodigués sur l'heure, l'ont sauvée, mais elle est mal en point. Vraiment. Quelles sont ses chances de s'en sortir, docteur ? Trente pour cent. Trois chances sur dix. Ça fait moins d'une sur deux. Moins d'une sur trois, même. On peut retourner les chiffres dans tous les sens, elle est dans de sales draps.

Rodrigo m'appelle, bouleversé. Il vient de la voir.

— Elle respirait tout doucement, je lui parlais plus doucement encore, et là, je te jure, elle s'est figée, j'ai cru que ça y était, qu'elle ne respirait plus. Mon cœur s'est arrêté, je me suis dit je vais y rester aussi. Puis sa poitrine s'est soulevée, imperceptiblement, mais j'étais tellement tendu que j'aurais discerné un micron. Ce n'est pas encore pour maintenant, tu sais. Elle s'accroche.

Je raccroche. Vertige.

Demain elle ne sera pas là et c'est comme si le ciel cessait de changer de couleur, comme si ce que je perçois comme normal depuis ma naissance prenait la tangente… Une autre affiche, un autre show. C'est n'être déjà plus là que de n'avoir pas sa mère. C'est disparaître en même temps que ses yeux, telle qu'elle m'a vue, nouvelle-née accrochée à elle, et, depuis, la contemplant. Comme je la contemple maintenant, branchée, perfusée, tuyautée. Anéantie. Je regarde ses pauvres mains, sagement posées de part et d'autre de son corps, ses mains encore une fois couvertes d'hématomes, percées, meurtries. Ses jolies mains.

À trois couloirs près, l'ambiance dans le service cardiologique n'a rien à voir avec l'orthopédie, à croire qu'on a changé d'hôpital. On sent le personnel attentif, concerné. Je demande à l'infirmière ce que je peux faire. Lui donner à boire. Mais comment, dans l'état où elle est ? Il y a deux pots d'eau gélifiée sur son plateau. Je reviens vers le lit et découvre cette merveille : de l'eau solide ! La cuiller est minuscule. Je lui donne la becquée comme à un nourrisson, je pose la cuiller sur le bord de ses lèvres, appuie pour provoquer un mouvement réflexe. Elle entrouvre la bouche. M'a-t-elle reconnue ? Je crois discerner l'ombre d'un sourire. Petit à petit, ça prendra le temps que ça prendra, ça m'est égal, à force de prélever une minuscule bouchée après une autre, nous allons finir le pot. Elle a ouvert les yeux, me regarde intensément. Elle ne peut pas parler, l'intubation lui a massacré la gorge. Je ne saurais leur en vouloir. Ils lui ont sauvé la vie, ses cordes vocales attendront. C'est ce que je lui dis, à mi-voix. Elle finit un premier pot, c'est enivrant comme une victoire. L'infirmière arrive, me dit que si j'arrive à lui faire avaler en plus je ne sais quelle drogue écrasée dans l'eau, ça sera formidable. Je m'y attelle, ça prend un temps fou, mais elle me sourit, mange avec application, ne me quitte pas des yeux. Je lui chuchote des cajoleries. Nous allons gagner, tu sais. Les mots aussi guérissent.

J'y retourne le lendemain, avec papa. On ne peut *a priori* pas entrer en voiture dans l'immense cité hospitalière, mais un passager octogénaire sert de sésame. Maman est presque inconsciente quand j'arrive, comme hier. Bouche desséchée, des bleus qui virent au noir et les monitors qui la scrutent. Quartier de haute sécurité. Papa la salue. Je lui parle à l'oreille. Son cœur est à quatre-vingt. Je lui mets les écouteurs et un peu de Julio Iglesias, un tango, tout bas. Son pouls accélère, ça me fait peur, j'arrête. Elle sort sa jambe droite de sous le drap. Sa peau a échappé aux hématomes, elle est douce, d'une blancheur nacrée. Je lui caresse le pied, y pose un baiser et lui dis :

— *¿ Nos vas a bailar una jotica aragonesa ?*

Tu vas nous danser une petite jota aragonaise ? Stupeur, elle tourne sa cheville, en rythme. Puis elle lève ses bras pleins de tuyaux translucides charriant des sucs de toutes les couleurs et elle esquisse des arabesques. Danseuse dans l'âme, depuis toujours. Si elle avait pu s'y adonner comme elle en rêvait, elle en aurait aimé le mélange de rigueur et de grâce, et aussi le public. Maman se rallume dès qu'il y a du monde… Elle nous entend, et de nouveau elle a envie de vivre.

Papa, assis en retrait, est tout guilleret, cette promenade avec sa fifille lui a bien plu, et voir maman aller mieux lui fait plaisir. Il en oublie de faire du mauvais esprit.

Je passe la voir dimanche, lundi et mardi. Elle reprend du poil de la bête, tout doucement. Écoute un peu de musique, n'a rien perdu de son humour, rit aux plaisanteries d'hôpital, tente des grimaces. Puis retombe, épuisée, prostrée. C'est d'une tristesse intense, lourde, qui noue la gorge et qui s'accentue quand on la quitte. L'autre soir elle a dit :

— *¿ Y me voy a quedar aquí sola ?* Je vais encore rester ici toute seule ?

Ça m'a lacéré le cœur. Encore une fois. Je suis en charpie. Je voudrais pouvoir l'emmener. Si le monde aimait les vieux, s'il leur consacrait un peu de la richesse qu'ils ont produite, les folies deviendraient possibles. Petites folies, puisqu'il ne s'agirait que de laisser survenir une mort jolie, une mort simplement humaine. On partirait, en ambulance à toit transparent, on se ferait un road-movie médicalisé, avec des haltes la nuit, je dormirais près d'elle dans des services d'urgence hôtelisés, un concept nouveau qui ferait fureur et la fortune de ses inventeurs sous le slogan : *Bougez-vous, les vieux ! Mourez en mouvement !* On descendrait vers le sud, voir si la lumière guérit ses filles… On roulerait doucement, on mettrait les chansons qu'elle aime, et un matin, après un bon dîner et une nuit calme où elle n'aurait pas lâché ma main, elle ne se réveillerait pas. Elle se serait envolée, toute seule, sans regrets, le cœur pacifié, vers sa mère, enfin… Et j'aurais moins mal. *Si, mamaíta, pero mañana volvemos.* Oui, maman, tu vas encore rester toute seule, nous vivons dans une machine à fabriquer de la solitude. Mais on revient demain.

Et les vacances ? On part ou on ne part pas ?

Rodrigo est ferme :

— Vous partez. On fait comme on a dit. Je vais aller la voir tous les jours, pas de souci. Elle est tirée d'affaire maintenant, elle retourne en orthopédie demain pour sa rééducation, c'est le meilleur des signaux. Elle va faire sa kiné et, quand vous reviendrez, elle gambadera partout.

Bien sûr, bien sûr. On part.

Au milieu de la deuxième semaine, trois jours avant notre retour, Rodrigo arrive à l'hôpital en début d'après-midi pour sa visite quotidienne. Maman n'est pas dans sa chambre. Rien n'est noté sur le panneau où trônent nos numéros de portable. Séance de rééducation, enfin ? Il se révèle en effet compliqué d'obtenir des informations à ce sujet, où en est-elle, combien de séances, a-t-elle progressé ? Mystère. Où est-elle ? Il pose la question à une infirmière qui ne sait pas. Puis à une autre. Rodrigo les connaît toutes maintenant, plaisante avec elles comme on fait toujours dans ces cas-là, un peu pour se détendre, beaucoup pour tenter de s'attirer leurs bonnes grâces et faciliter ainsi la vie de la patiente. Il aborde Luce, celle qu'il a repérée comme la plus attentive.

— Vous savez où est ma mère ?

Elle sourit :

— Oui, elle est rentrée chez elle !

Rodrigo s'esclaffe, elle est bien bonne.

— Blague à part, elle est où ?

Ce n'est pas une blague. Maman a été renvoyée le matin même à la maison de retraite, sans que quiconque se soit soucié d'informer Rodrigo, qui passe ses après-midi sur place depuis le début. Il ne peut pas le croire. À quelle heure est-elle partie ? Par quel moyen ? L'a-t-on fait attendre ? Ont-ils été prévenus là-bas ? Personne n'est en mesure de lui répondre.

La nature a doté mon frère d'une voix de stentor qui lui permettait de lancer des slogans dans les manifs sans mégaphone. Le service d'orthopédie a tout loisir d'en profiter.

— Vous avez mon portable depuis toujours. Il est affiché partout. Ça vous aurait arraché les poils du cul de me passer un coup de fil ? Ça sert à quoi que je vous demande de me tenir au courant de ce qui se passe ? Je ne sais même pas où elle en est de sa putain de rééducation et vous la virez sans un mot ! C'est ça, l'humanisation des relations hospitalières ? C'est ça, la charte des malades ? Les droits de fin de vie ? Vider les lits pour partir en vacances ? Vous faites comment quand les familles sont absentes ? Vous les foutez direct à la poubelle, au vide-ordures, c'est ça ? Bande de dégueulasses ! La charte des malades, vous pouvez vous la carrer où je pense !

Des fois, Rodrigo, il s'énerve.

Ça ne sert à rien, bien sûr, mais ça défoule. Ça évite de développer un ulcère à l'estomac. Il se précipite à la maison de retraite. Où personne n'est capable non plus de lui dire à quelle heure elle est arrivée. Il la trouve assise dans sa chambre, sur une chaise roulante. Même pas réglée à sa taille, la chaise. Elle a l'air d'une enfant perdue. On lit dans les yeux des vieilles personnes la même tristesse résignée qu'ont derrière les barreaux les chiens abandonnés et les détenus des zoos.

D'après ce qu'il a réussi à reconstituer, elle était déjà partie à 13 heures, et n'est arrivée à destination qu'après 15 h 30. Deux heures et demie pour faire moins de quatre kilomètres. Elle a attendu, donc. Où ? Dans quelles conditions ? Personne ne le sait, maman ne donne pas de détails, elle dit juste qu'on l'a laissée là. Où ? Elle ne sait pas. Une seule certitude : à l'hôpital, il se sont comportés comme des sagouins. Une lettre circonstanciée nous vaudra dans les semaines qui suivent des excuses de la plus belle eau qui nous font, comme on dit, une belle jambe.

Rodrigo, alarmé par ce qu'il lit dans ses yeux, tente de la réconforter, reste avec elle jusqu'à ce qu'elle dorme. Puis il rentre, seul. Désespéré. Ne nous appelle pas. Le lendemain, à la première heure, il revient, ne sachant à quoi s'attendre. Va-t-il la trouver apathique, au bout du rouleau ? Ce serait mal la connaître. La combativité de maman ne sera pas prise en défaut. Pas encore cette fois-ci. Il repense à la phrase de Gonzalo. Elle les a encore bien niqués. Incroyable. Elle prend son petit déjeuner, plaisante avec l'aide-soignante, lui donne du « *Gracias, bonita* » en version originale et fait la fête à son fils. Ravie de le voir, elle n'a rien en commun avec la vieille dame triste de la veille. Elle montre une humeur si positive que Rodrigo décide de l'emmener faire un tour dans le jardin. Et constate que, malgré ses efforts, elle ne parvient pas à marcher. Mettre un pied devant l'autre est au-dessus de ses forces, même en s'appuyant sur son fils. Comme si elle ne faisait plus confiance à ses jambes. Ou comme si elle avait oublié comment on fait. Ou comme si la peur s'était frayé un chemin sans retour dans son esprit. Le contraste avec la première opération est sidérant. Si rééducation il y a eu, ce qui n'est pas confirmé, elle n'a pas encore produit son effet. Il décide d'utiliser la chaise roulante, et bringuebale maman dehors, rendre visite aux arbres, il fait encore beau en cette fin août. Dans les jours qui suivent, il se rend compte que si l'hôpital a failli à son rôle, il n'en est pas de même pour la maison de retraite, où le personnel a pris à cœur le rétablissement de maman. Le lendemain, il trouve maman très bien coiffée, parfumée, habillée avec celles de ses affaires qui lui vont le mieux, combinées avec recherche. On s'habitue, avec le temps, à trouver sa mère cheveux plaqués, raie au milieu, fringuée à la va-comme-je-te-pousse, parce que pour certaines aides-soignantes ça n'a pas d'importance. Tant que les pensionnaires prennent leur stock de pilules et ingurgitent un nombre suffisant de calories, l'essentiel est préservé. Peut-être certaines épongent-elles même leurs frustrations personnelles en lookant les vieilles dames façon épouvantail. Et leurs visiteurs commencent par les recoiffer, leur faire enfiler un autre gilet, un autre corsage. Mais il y a aussi les aides-soignantes qui offrent un peu de leur temps, un peu d'elles-mêmes. Qui font le plus beau des cadeaux, rendre leur dignité à celles que l'on bafoue. Quel ange a fait de maman cette autre personne, parfaitement consciente de son apparence, fière et gaie, tout sourire dehors, heureuse de vivre ? Rodrigo mène l'enquête, apprend par des collègues que la faiseuse de miracles est Salomé, une Martiniquaise. Une de celles qui font leur travail en fredonnant, qui ont pour les vieilles dames des attentions maternelles, qui les embrassent, les bercent, leur susurrent parfois des mots créoles, ces mots de miel faits pour soigner les pires blessures. Les Andalous et les Antillais sont de la même famille humaine de fêtards tragiques, de sentimentaux blessés. Rodrigo fond de reconnaissance. Par le jeu des emplois du temps et des différentes affectations, il ne réussira à la remercier que quelques mois plus tard, alors que maman n'est plus.

Au moment où l'institution commence à redorer son blason, la direction prend une initiative de « démarche qualité ». La démarche qualité, en volapük de gestion d'entreprise, consiste à remettre en cause un processus qui satisfait tout le monde au bénéfice d'une astuce qui réduit les effectifs et, si possible, la masse salariale. Ici, on dîne à six heures du soir, comme dans les hôpitaux et les prisons. L'amélioration décidée par la direction consiste à repousser le repas d'une demi-heure. Ça a l'air de pas grand-chose, mais une demi-heure comptant trente minutes entières, ce n'est pas négligeable. En compensation, la direction se voit contrainte de supprimer la liberté de dîner dans sa chambre comme on en avait la possibilité avant ! Plus le choix ! Tout le monde devra obligatoirement descendre prendre le repas en commun. Convivialité oblige ! Il faut déjà ingurgiter des repas qu'avec la meilleure volonté du monde on ne peut qualifier que de tambouille approximativement identifiable. Poisson ou viande, cette substance blanchâtre qui nage dans un jus incertain ? Pâte ou béchamel, ce plâtre mollasson qui jouxte une quenelle déprimée ? Il faudrait en plus mastiquer au coude à coude, en rythme, dans le vacarme de vaisselle entrechoquée et de conversations simultanées inhérent à l'exercice. Maman, qui a peu de goût pour l'ambiance colo, y est toujours allée à reculons. Elle associe le réfectoire à une période d'enfance dont elle préfère ne pas se souvenir. Si elle y consent le midi, le soir elle préfère dîner en tête à tête avec son fils, dans sa chambre. À six heures du soir, ça lui fait l'effet d'un goûter espagnol, voilà tout. Pas très bon, mais agrémenté de la compagnie de son aîné. Gagner une demi-heure pour rater un dîner avec Rodrigo, elle ne saisit pas la « démarche qualité ». Mon frère informe l'autorité que, bien que leur offre soit diablement tentante, maman se voit dans l'obligation de la refuser et de continuer comme avant. La faveur lui est refusée. Rodrigo, incrédule, demande à la directrice qu'elle confirme qu'aucun plateau ne sera servi à ma mère. Celle-ci confirme. Ayant flairé la félonie, et ayant plus d'un tour dans son sac, puisque celui-ci renfermait un dîner de remplacement concocté par lui-même au cas où, il le dégaine façon arme secrète, et maman se délecte, à vingt heures bien sonnées, de *boquerones en vinagre*, gaspacho maison, petites escalopes panées avec *patatas a lo pueblo* réchauffées au micro-ondes et diverses friandises comme elle les aime. Là oui, elle saisit le principe de démarche qualité. Lumineux. L'épreuve de force dure une semaine. Huit jours pendant lesquels la directrice, que papa a rebaptisée la Besuga, et que nous n'appelons plus autrement, assiège mon frère. Besuga peut se traduire au sens propre par daurade, papa estime probablement qu'elle en a le regard vif, mais doit être plus sûrement comprise dans son acception figurée, à mi-chemin entre l'andouille et l'abruti. Papa sait se montrer flatteur. La Besuga parle aux pensionnaires avec cette condescendance qu'on réserve aux déficients mentaux. Pour le personnel, elle ajoute en prime une nuance de menace. Aux familles elle réserve un supplément d'âme, se fait enveloppante, sert son baratin avec des frisottis de compassion surjouée. Elle a dû faire un stage de résolution des conflits, mais elle a loupé la fin. Ou le début. Ou le milieu. Elle se penche vers Rodrigo, le regarde droit dans les yeux, et pense que plus elle les écarquille, plus elle est convaincante. Tantôt elle assène, doucereuse, que seuls les patients à la santé si flageolante qu'ils ne peuvent même pas se déplacer en chaise roulante, certificat médical à l'appui, sont autorisés à rester dans leur chambre.

— Vous comprenez ?

Rodrigo n'a qu'un mot :

— Non.

Tantôt elle roucoule, complice, que cette mesure convient tout particulièrement à notre mère, dont « les habitudes culturelles nécessitent tant que faire se peut de manger le plus tard possible en soirée ». *Sic*.

— Vous êtes d'accord ?

— Non.

Maman, qui mine de rien n'en perd pas une miette, accueille ce dernier égard avec un laconique :

— On ne peut pas lui reprocher de manquer d'humour.

Dans les jours qui suivent, devant l'ascenseur, d'inextricables embouteillages de chaises roulantes mettent en pelote les nerfs de celles qui y sont assises et de celles qui doivent les pousser. La plupart des pensionnaires n'ont ni la force ni la dextérité nécessaires à manier elles-mêmes leur véhicule. Elles ne sont pas invalides, juste trop lentes pour les besoins du service. En ce qui les concerne, elles ont tout leur temps. C'est pour accélérer le mouvement qu'on les met sur roulettes, en oubliant au passage qu'on les prive ainsi de ce qui leur reste d'autonomie. Et que ce qui est vrai pour un seul individu devient faux pour le groupe. Le service finit par prendre plus de temps qu'avant. Pendant qu'elles attendent leur tour, elles ont tout loisir de contempler la « Charte des personnes âgées dépendantes », pondue par une administration plus soucieuse d'énoncer des principes édifiants que de les mettre en pratique. L'insigne paperasse, affichée sur les « lieux de vie », comme ils disent, nargue de ses articles onctueux les dames qui font la roue de grue au pied de l'ascenseur. Article 1 : « Toute personne âgée dépendante garde la liberté de choisir son mode de vie. » Son mode de vie, oui, mais dans des limites décentes. Pas ses horaires de repas, ni l'endroit où elle les prend. En volapük, ça s'appelle de la socialisation. En français, du cynisme.

L'article 4 s'intéresse aux « présence et rôle des proches : le maintien des relations familiales et des réseaux amicaux est indispensable aux personnes âgées dépendantes ». Elle l'a lu, ça, la Besuga, avant de venir faire la morale à mon frère ? Ou bien son véritable rôle est-il de soumettre l'établissement à des impératifs de rentabilité ? Raccourcir le laps de temps qui sépare l'espérance de vie et la certitude de mort, pour alléger les déficits budgétaires… Taper sur les faibles, recette aussi éternelle qu'infaillible.

Corne de gazelle

Puis Maman tombe de nouveau. Gonzalo me l'annonce au téléphone. Cette fois, elle s'est cassé le nez. Je visualise le visage d'un boxeur sonné, en sang, le pif en bouillie, les yeux bouffis. Va-t-elle ainsi briser chaque os de son squelette ? Gonzalo me rassure, elle a un hématome, mais le faciès type dixième round n'est pas pour aujourd'hui. Il est allé la voir comme d'habitude, et comme d'habitude nous n'avions pas été prévenus. Elle attendait l'ambulance, en compagnie d'une autre dame, qui s'était cassé la figure elle aussi. On les avait installées sur des chaises roulantes, et laissées dans le hall. Depuis combien de temps ? La fille de l'autre dame était là depuis une heure.

— Je me suis assis avec elles, et j'ai attendu, rien d'autre à faire. J'ai sorti mes cornes de gazelle, enfin, celles que j'avais apportées pour maman, et on a grignoté. L'autre dame, c'était l'Asiatique, tu sais ? Elle décoche pas un mot de français, elle non plus, elle a dû faire le Vietnam du mauvais côté… En fait elle ne parle pas du tout, je crois. Elle mâchouille son petit gâteau avec force bruits de bouche, j'ai regretté de le lui avoir offert. Elle me fait signe d'approcher, moi, je m'approche, et elle m'enlace, façon dans mes bras, camarade ! Elle a besoin d'affection, on dirait. Les bras, ça va, c'était mignon, d'ailleurs elle est mignonne, cette dame, encore plus petite que maman. Mais bon, elle m'a aussi posé un bisou plein de miettes sur la joue, façon ventouse vraiment très baveuse, argh ! Elle m'a restitué la moitié du gâteau ! J'ai pas osé essuyer pour pas la vexer, mais ça sèche mal, un emplâtre de pâte d'amande… Ça m'a tenu compagnie, remarque. Deux heures et demie on a attendu ! Tu te rends compte ? J'ai commencé à ruer dans les brancards, mais ils n'y pouvaient rien à l'accueil… J'ai passé deux trois coups de fil, personne ne savait rien, l'ambulance était partie, oui, ça n'allait plus tarder. Évidemment qu'ils n'allaient pas tarder, autrement ils venaient le lendemain ! Ils finissent par arriver, ils s'excusent ? Non ! Ils font la gueule en plus, râlent, tordent le nez en voyant que les malades sont accompagnées. « C'était pas prévu. » Eh non, vous pourrez pas les traiter comme des paquets, mon pauvre monsieur, vous pourrez pas les maltraiter à l'aise, c'est ballot, hein ? On a tout de suite été très copains, t'imagines. À la clinique, c'est allé très vite, une radio, un diagnostic simple. Ils ne vont pas opérer, ça va se remettre tout seul et il n'y paraîtra rien, il suffit qu'elle ne touche pas son nez. Je n'ai pas voulu rentrer avec l'engeance ambulancière, ils en ont trop rien à foutre. J'ai appelé un taxi. Il faudra qu'on loue un fauteuil à maman, parce que, là, elle est sur un truc géant, elle n'atteint pas les repose-pieds, d'ailleurs heureusement parce qu'il en manque un, et les accoudoirs lui caressent les épaules. Et quand je le fais remarquer, tu sais ce qu'ils me disent ? Qu'ils prêtent ce qu'ils ont. C'est la goutte d'eau, il faut qu'on parle.

Ça ne peut plus durer. Nous sommes conscients que nous l'avons maintenue là-bas parce que ça nous rassurait de la savoir surveillée. Mais il faut se rendre à l'évidence. Elle doit rentrer à la maison. Elle ne devait pas tomber, et elle tombe. Et elle casse.

Gonzalo : Arrêtez de répéter « tombe », ça me fout le bourdon.

Rodrigo : On a tous le bourdon. Il faut qu'on saute le pas. J'ai réfléchi…

Gonzalo : Bravo !

Rodrigo : Je vous propose de m'installer chez papa-maman. Je peux y travailler, je serai là presque tout le temps. De toute façon, avec Lise, c'est fini et bien fini, ça ne frustrera personne. C'est le seul moyen si on veut ramener maman.

Rémi : Tu es sûr que tu n'as pas inconsciemment provoqué la rupture rien que pour ça ?

Rodrigo : Si j'ai besoin d'un psy, je te fais signe.

Gonzalo : Tu nous fais pas le coup du sacrifice, là ?

Rodrigo : Question inutile. Elle a besoin de nous, et il n'y a que moi qui puisse m'en occuper.

Gonzalo : Tu as raison. On tergiverse depuis trop longtemps.

Moi : Alors, il faut intervertir les chambres, autrement c'est injouable, il te faut de la place. Tu prends celle de maman, et on l'installe dans la bleue. Elle est plus petite, mais pour un lit médicalisé et ce dont elle a besoin au quotidien ça ira. Tu pourras bosser correctement.

Reste à informer papa, et à trier les affaires de maman pour libérer de l'espace. Ce que nous avons évité il y a trois mois revient comme reviennent les problèmes qu'on n'ose pas affronter. Il nous faut déplacer le sanctuaire.

Uppercut

Lee m'annonce son arrivée. Elle restera une semaine, puis continuera son voyage vers Israël, où elle doit rejoindre Ro'î pour une fête de famille. Elle s'y rendra au dernier moment. La shiksa américaine épousée par leur fils unique garde avec ses beaux-parents des relations cordiales mais précautionneuses. Paris est à Lee ce que Santa Monica est pour moi. Un havre. Elle commence à connaître la ville par cœur, au moins le centre. Descend par les quais jusqu'au musée d'Orsay, son préféré, puis va se ressourcer aux Tuileries, à l'Orangerie, s'assied face aux Nymphéas comme moi devant le Pacifique. Je blinde la porte de mon frigo de champagne rosé et les étagères de fromage blanc à zéro pour cent, denrée qui n'existe pas aux États-Unis et qui représente pour cette végétarienne le summum du raffinement à la française. Pendue à son portable, elle expédie ses affaires courantes avec neuf heures de décalage, avant d'aller se coucher. Une nuit, je l'entends de ma chambre. Je regarde le réveil. Quatre heures. Elle ne se rend pas compte qu'elle parle sans baisser la voix, et que dans le silence les moindres bruits portent. Yann non plus ne dort pas. Je lui glisse :

— Elle manque de discrétion la grande, non ?

Il ne sourit pas.

— Elle parle d'hôpital, il se passe quelque chose.

Moi les gros sabots, lui, l'ouïe la plus fine de la terre.

Je me lève, frappe à sa porte tout doucement. Elle est assise en tailleur par terre, bouleversée. Elle demande à son interlocuteur une minute, *hold on*, s'excuse de m'avoir réveillée.

— Arrête, qu'est-ce qui se passe ?

Elle pose le portable sur sa poitrine :

— *Mom had a seizure, she's in the hospital.*

Seizure ? Je ne sais pas ce que ça veut dire, mais à voir sa tête, c'est grave. Will est sur place, il attend. Beth est tombée à la renverse au restaurant, inconsciente. Les urgences, toute sirène hurlante, ont déboulé, l'ont ranimée et embarquée aussi sec. On n'a pour l'instant aucune idée des possibles séquelles. Il s'agit d'une attaque cérébrale. Lee recueille le maximum d'informations avant que là-bas, tout le monde aille se coucher. Quant à nous, nous ne nous coucherons pas. Je fais du café et nous finissons la nuit dans la cuisine, regardons le soleil se lever sur Saint-Eustache, dans la sérénité suspendue de Paris à cette heure-là. Je pense à la chanson de Dutronc, à ses friselis de flûte traversière. Voilà que Beth rejoint maman en zone de totale angoisse. Lee pleure doucement. Que faire ? Rentrer tout de suite ? Continuer son voyage ? Il faut attendre que la vie reprenne sur la côte pacifique avant d'en savoir plus. En revanche, elle peut appeler Ro'î, qui, lui, nous devance de quelques heures. Il réagit comme d'habitude, en chevalier : elle doit rentrer, sa place est auprès de ses parents. Il propose de la rejoindre, ce qu'elle refuse avec énergie. Hors de question de le priver d'une réjouissance qui a coûté à ce bourreau du travail qui n'aime pas les vacances la bagatelle de vingt heures d'avion.

Le lendemain après-midi, après trente-six heures majoritairement passées au téléphone, Lee reprend l'avion vers la Californie. Je l'accompagne à Roissy. Elle fait quelques emplettes, qui remplacent le shopping avorté dont elle se faisait une fête. Heureusement, les aéroports modernes tiennent plus du centre commercial que de l'arrêt de bus. Elle achète des macarons, des chocolats, du parfum et autres babioles. On feint l'insouciance avec bonne volonté. Les nouvelles de Beth se sont améliorées au fil des heures, mais Lee n'en aura le cœur net que quand elle l'aura vue. Will monte la garde auprès de sa femme.

En rentrant, je passe voir maman. Elle marche encore avec difficulté. La différence entre la première opération, dont elle se remit en quelques jours, et celle-ci, pourtant moins compliquée *a priori*, confirme la parenté étroite entre une entrée à l'hôpital et un lancer de dés. Le hasard commande. Bonne équipe ou arcandiers ? En cas d'urgence, c'est au petit bonheur la chance. Comment faire maintenant pour qu'elle reprenne confiance ? Je la descends dans le jardin sur la chaise roulante que nous avons louée et qui correspond, enfin, à sa taille et son poids plume. Je lui ai apporté des macarons de Charles-de-Gaulle, lui explique que Lee est venue et repartie, mais me garde bien de lui dire pourquoi. Il fait frisquet, octobre a eu sa revanche, comme dirait Cabrel, mais je l'ai emmitouflée. Nous grignotons les friandises au pied du cèdre, vert en toutes saisons. « Le seul arbre que je n'aime pas, c'est le cyprès, sentinelle de cimetière. » Il arrive un moment où les cimetières cessent d'être un concept pour devenir un projet. Et ce projet-là, maman préfère l'oublier.

Beth va de mieux en mieux et n'aura aucune séquelle. Le dimanche, en sortant de l'hôpital, soulagés d'un grand poids, Lee et Will décident d'aller prendre un verre au bar du Casa del Mar, dont les fenêtres géantes ouvertes sur la plage offrent chaque soir, au-delà de la grande roue du Pier, un coucher de soleil haut de gamme qui justifie le prix des breuvages. Champagne rosé, bière fraîche et chips maison, ils se détendent enfin. La lumière orangée qui entre à profusion dans le salon ne saurait expliquer ce que Lee vient seulement de remarquer, et qui déclenche en elle une alerte suffocante. Le teint de Will. Comment est-il possible qu'inquiète de Beth, elle n'ait pas vu cela ? Will est jaune. Très jaune. D'un jaune surnaturel. Comme un citron de l'au-delà. Un jaune méchant. Funèbre.

— Papa, tu es fatigué ?

Will sourit.

— À mon âge, on est toujours fatigué.

— Papa, tu finis ton verre et on part aux urgences.

Will ne résiste pas. C'est que ça ne va pas fort.

Trois jours plus tard, Lee me raconte, laconique. Lee la bavarde, la fantasque, la rigolote, a perdu sa voix. Un souffle grave que je ne lui ai jamais entendu distille les nouvelles.

— Je t'appelle de l'hôpital. Maman est sortie, mais papa est entré. On a fait des analyses. Aucun mystère. Il a un cancer. Pancréas. Phase terminale. Aucune chance. Il lui reste un mois. Peut-être deux. Il ne veut pas rester là-bas. Il veut mourir à la maison.

Que dire quand on reçoit un uppercut au foie ? Rien. Will. Un mois ou deux. Il est prévu que Rémi et ses enfants passent Halloween là-bas, dans moins d'un mois. Seront-ils les derniers à le voir vivant ?

Beth se rétablit et Lee n'ose pas la mettre au courant. Elle la laisse penser qu'il est hospitalisé pour des tests et qu'il sera bientôt de retour. Ce n'est pas faux. Juste incomplet. Comme la vie est pesante et comme je suis fatiguée. Comme tout est triste. L'hiver qui approche annonce la couleur sans ambiguïté. Je vais voir maman et tente, à chaque visite, de considérer que c'est la dernière fois. Pour m'habituer. Comme si on pouvait s'habituer.

Sac rouge

L'aménagement de l'appartement avance. Rémi et moi ouvrons le placard de maman comme on commence un voyage dans le temps. Nous avons une idée de ce que nous allons trouver, mais ne sommes pas sûres de ce que nous devons faire. Trier ? Pas trier ? Jeter ? Mais jeter quoi ? Et au nom de quoi ?

— Du principe de réalité, Gus. C'est de la physique, pas de la morale. Un jour ou l'autre de toute façon, il faudra s'y coller, autant que ce soit de son vivant, non ? Ça fera moins mal.

Tu parles d'or, sœurette. Nous n'avons pas dit à maman que nous allons changer la disposition des chambres. Nous sommes des voleuses.

Maman a du mal à abandonner les marques du passé. Elle ne jette rien, probablement parce qu'à plusieurs reprises dans sa vie elle est repartie de zéro, jouant à cache-cache avec sa mémoire au gré des circonstances. D'abord pendant la guerre, quand un bombardement a anéanti l'immeuble où elle vivait avec sa famille. Il ne lui resta que ce qu'elle portait sur elle. L'espace d'une nuit, toutes ses références avaient disparu, elle ne pouvait plus compter que sur ses souvenirs pour garder un passé.

À la fin de la guerre, la mise en place de l'ordre franquiste avait exigé des vaincus, s'ils tenaient à survivre, qu'ils oublient leur vie d'avant. Oublier les livres, les chansons. Oublier la musique, oublier les poètes qu'on aimait. Oublier les mots de la liberté. Oublier la liberté elle-même. Et s'oublier soi, jusqu'à réussir par réflexe à ne jamais rien laisser filtrer de ce qu'on pense. Vivre à demi et s'y habituer. Jeter sur avant un manteau de nuit.

Puis, à son départ en exil, quitter l'Espagne avec pour tout bagage une petite valise pour elle et son bébé de six mois. N'emporter que ses rêves et ses espérances, n'emporter que son avenir. Et reconstruire, une fois encore, comme une hirondelle obstinée.

Un jour maman est arrivée à la campagne et m'a demandé de lui allumer un feu.

— Tu as froid ?

— Non, juste quelques trucs à brûler.

Elle avait un sac avec des papiers dedans, peut-être des étoffes, des objets. Des souvenirs en tout cas. De quoi ? De quand ? J'ai allumé le feu, elle a tenu à rester seule. J'ai risqué :

— Je suis ta fille, dis-moi ce que tu détruis, raconte-moi.

— Non, c'est mieux comme ça, ça vous encombrerait plus qu'autre chose.

— Maman, ne me montre pas si tu ne veux pas, mais dis-le moi, juste pour savoir.

— Non, je n'y tiens pas.

Je l'ai laissée, et une partie inconnue de son histoire s'en est allée en fumée. Elle s'est arrangée pour que je connaisse l'existence de ces choses dont elle ne voulait pas, ne pouvait pas, parler. Qu'elle désirait garder cachées. Elle ne m'en a jamais dit plus. Des choses anciennes, d'avant moi. Que t'est-il arrivé, maman ? Qu'as-tu voulu me dire, ce jour-là, sans y parvenir.

Nous trouvons, dans des boîtes à couture, nos brassières de nouveau-nés, nos premières chaussures, et même nos dents de lait dans quatre pots Jeanne Gatineau de crème pour le visage, d'un vieux modèle que maman utilisait dans le temps, blanc à couvercle rouge.

— Un peu dégueu, non ? me glisse Rémi.

— Dis-moi que tu n'as pas gardé celles des tiens.

— Si, mais ça fait moins longtemps.

Des cahiers, des bulletins, avec nos premiers exploits scolaires. Des poèmes de fête des mères. Rien que de très classique. Moins classiques, les emballages des cadeaux que nous lui avons faits, soigneusement pliés. Nous avons toujours tenu à la surprendre avec des présentations incongrues, ignorions qu'elle les thésaurisait. Ça, on peut jeter sans états d'âme. On a du mal. Ces choses-là, il faut s'en débarrasser tout de suite, sinon le temps les charge de nostalgie, elles deviennent intouchables.

— Les reliques, c'est comme ça ! L'auriculaire de sainte Thérèse n'a pas commencé autrement ! Sainte Thérèse devait avoir huit bras comme Shiva, si on en juge d'après le nombre de doigts qu'elle a laissé traîner dans les tabernacles ibériques.

Rémi arrête de plaisanter. Bouche bée, elle contemple une accumulation :

— Non mais je rêve !

Une réserve de trésors. De Trésor, plus exactement, un parfum que Rémi a pour habitude de lui offrir en toute occasion. Parce que maman l'aime bien. En tout cas, c'est ce qu'on croyait. Elle finit beaucoup moins vite que Rémi ne la gâte avec l'eau de parfum, la lotion pour le corps et toutes ces fantaisies que le marketing invente et qui fournissent aux filles en mal d'idées des cadeaux à la chaîne pour leur maman, pas vrai ?

— Regarde ! Elle n'a même pas enlevé la cellophane ! Il y a de quoi parfumer la moitié de la ville ! Pourquoi elle ne me l'a pas dit ?

— D'abord parce qu'elle aime stocker, comme nous pouvons le constater, et aussi, je pense, pour ne pas te contrarier, ne pas t'obliger à chercher des nouveautés.

— Mais elle avait l'air si contente !

— Qu'est-ce qui te dit qu'elle ne l'était pas ?

— Qu'est-ce qu'on fait de tout ça ?

— Tu le rapportes chez toi et tu lui re-offres, tu as inventé le principe du cadeau perpétuel, qui fait toujours plaisir et ne coûte pas cher !

— On t'a jamais dit que tu es supermarrante ?

On libère de l'espace, c'est l'essentiel.

On trouve des notes, aussi, rangées dans des chemises antédiluviennes. Maman écrivait sur des carnets, disparus. Il n'en reste que quelques feuilles éparses. Datée de 1986 : « Séparer ce que je dois emporter à la mer de ce qui doit rester à Madrid. Faire des chemises aux garçons. Peut-être des pulls ? Je regrette de quitter Madrid. À part l'anniversaire du petit, rien ne m'y oblige. » Le petit en question est Gurriato, le cadet de Rodrigo. Une autre, sans date aucune : « Comme il est difficile de se faire comprendre par les autres, je ne crois pas y arriver jamais, même dans ma propre famille, même par les miens. » Quand a-t-elle pu écrire ça ?

Je vois Rémi se figer, larmes aux yeux. Elle tient un schéma, de la main de maman. Un projet de veste qui remonte à loin. Quand elle voyait un vêtement qui lui plaisait, même fugitivement dans un film, elle en dessinait le patron jusqu'à en être satisfaite, en ajoutant sa touche personnelle. « Copier non, s'inspirer oui ! » Les petites choses quotidiennes, oubliées, sont les plus touchantes. Elles n'ont strictement aucune valeur, et pour seul intérêt de témoigner d'une époque qui ne peut émouvoir que nous. Nous ne jetterons pas ce bouton gris de son éternel manteau de tweed. Ni le sachet d'emballage d'un magasin disparu. Ni la craie plate bleue, luisante d'usure, qui servait à marquer les lignes de bâti.

Nous avançons. Nous mettons à part les photos anciennes que nous connaissons déjà, d'autres que nous n'avons jamais vues, pour les emporter chez nous et faire des albums.

— Tu y crois, aux albums ?

— Pas plus que ça, mais ça fait de la place. Si on arrive à trouver le temps, ça lui fera plaisir, pour Noël par exemple.

— Bonne idée.

Je me sens soulagée de n'avoir pas trouvé un secret, quelque chose de lourd qui me ferait sentir en porte-à-faux. Plus que deux ou trois sacs et le transfert sera terminé. Je pensais trouver trace d'un souvenir à la fois vague quant à sa date et précis quant à son objet, mais non, rien. Il s'agit des cartes que papa envoyait à maman depuis la prison. Il n'avait droit qu'à une carte postale, écrite d'un seul côté, bien sûr. Papa arrivait à écrire tellement petit qu'il aurait fallu à maman une loupe pour le déchiffrer. Et la censure ne se gênait pas pour barrer des phrases entières si elles lui semblaient pouvoir cacher un deuxième sens. Je suis certaine de les avoir vues, maman me les avait montrées, mais je ne les avais pas lues. J'avais toujours pensé qu'elle me les donnerait quand je serais adulte. Un jour je lui en ai parlé, elle m'a dit qu'elle ne se souvenait pas, que ces cartes avaient existé, mais disparu.

Dans une petite valise en cuir de porc que nous avons toujours connue, enveloppé dans une pochette en tissu, nous trouvons son sac à main de quand on était petits. Un sac noir, tout simple, qu'on n'a pas revu depuis des décennies et qu'on reconnaît immédiatement. Même son odeur poudrée n'a pas changé. Tétanisées, on se téléportationne illico. On est petites, à Vieillotte. Rémi a mis les chaussures de maman, moi ses colliers. Nous lui avons piqué son sac, pour faire la dame. Maman doit être dans la pièce à côté, ne fait pas attention, pour une fois qu'on se tient tranquilles. Y a-t-il des gants, que nous pourrions lui emprunter ? Nous actionnons le petit fermoir doré. Fin du flashback. Dans le sac, des lettres. Nouées par un ruban. Une bonne dizaine. Inconnues au bataillon. Très personnelles, apparemment. L'écriture de papa. On se regarde, un peu hésitantes. Un peu seulement. En lire une ? Ça ne se fait pas. C'est un peu notre histoire aussi, non ? Non. C'est la leur. Nous ne résistons pas. En extrayons une. Incroyable. Elle remonte à l'arrivée de papa en France, s'adresse à maman, restée à Madrid. Entre eux, deux mille kilomètres et surtout une frontière qu'à l'époque on ne franchit qu'une fois et pour toujours. Vertige.

Cariño,

Je n'ai pas pu résister à la tentation de te faire une surprise avec ces fleurs.

Je veux que tu trouves en elles le même Angel que cette nuit-là, la nôtre, il y a quatre ans.

Je crois que j'ai plus de chances avec elles qu'avec ces lignes de t'exprimer ce que je ressens.

Mon amour, il y a tant de choses que je voudrais te

dire. Il faudrait pour cela revivre une de ces rencontres, si rares pour nous, à notre cœur défendant, qui nous ont permis, en parlant ensemble, de nous comprendre.

Je te demande seulement de rester toujours telle que tu as toujours été, joyeuse et décidée. Une seule chose nous guide, toi et moi : nous retrouver. Il nous manque encore beaucoup d'éléments et pas mal de temps pour y parvenir. Soyons réalistes. Ces quelques mois d'attente ne doivent pas nous décourager.

Dans dix jours, mon premier Noël en France. Je ne penserai qu'a toi. Ça a l'air d'une phrase toute faite mais c'est exactement ce que je ressens.

Je suis heureux quand je pense que, malgré tous mes échecs, j'ai encore quelqu'un, toi, qui croit en moi. Suis-je dans le vrai ?

Dis-leur à tous que je pense à eux et embrasse encore et encore notre Rodrigo, mon petit inconnu.

Le soir de Noël, sois de nouveau la Libertad d'il y a quatre ans, qui parlait et riait avec tant de joie. Les circonstances ont bien changé, mais je voudrais que ces fleurs te fassent oublier, au moins pour quelques heures, les angoisses et les préoccupations.

Notre bonheur nous coûte cher, il n'est encore qu'un rêve, mais il viendra.

Si tu voyais dans quelles conditions je t'écris, il ne t'étonnerait pas que cette deuxième tentative soit aussi inesthétique que la première.

Reçois avec ces fleurs un million de baisers de ton Angel.

Nous sommes assises par terre, entourées des souvenirs de maman. Rémi n'en revient pas.

— Papa ? Des fleurs ? Je rêve !

Pouvons-nous seulement imaginer une telle séparation, nous autres gibiers de portable ? Après la guerre, l'après-guerre, leur improbable rencontre, la prison, puis dix mois après leurs retrouvailles, un mois après la naissance de leur premier enfant, mon père acculé à une fuite sans retour et ma mère attendant de pouvoir le rejoindre.

— Ils se causaient meilleur, à l'époque !

Comme ils étaient différents. Comme ils s'aimaient. De quoi on a l'air, maman, avec nos petites histoires. Nous refermons le sac sans investiguer davantage, le remettons en place, incapables de faire davantage irruption dans cette intimité discrète, secrète, qui nous touche de si près et qui ne nous regarde pas.

Un petit sac de voyage rouge, usé, comme dissimulé tout en haut, attire notre attention. Inconnu. Il ne nous évoque rien. À l'intérieur, rien de spécial. Des foulards, des étoles. Un grand châle noir. Noué sur lui-même. Lourd, très lourd. On soupèse et on se regarde. Il y a quelque chose là-dedans. Des lingots ? Une cassette ? On dénoue avec mille précautions, pour être sûres de remballer à l'identique. Un plastique, un papier d'emballage et *holy cow* ! Comment s'appelle ce genre de truc ? C'est pesant, menaçant, effrayant. Un hachoir, c'est ça ! Ça sert à trancher dans le vif ! À tuer quelqu'un ? Lui couper la tête ? Et maman qui a peur des couteaux ! Dans une cuisine, l'objet est improbable. Hors de la cuisine, il devient cauchemardesque. En cas de cambriolage, le temps d'atteindre et de déballer la chose, le voleur est déjà loin… Maman a voulu garder ça et en même temps le mettre hors d'atteinte. Pourquoi ? Un souvenir, peut-être ? Mais de quoi ? Ou alors elle n'a pas su comment s'en débarrasser. Ce qui ne résout pas la question de l'origine de l'objet mortifère.

Nous regardons le sac rouge avec un certain respect. Il ne payait pas de mine, mais il en connaît plus long sur maman que nous. Nous rangeons la chose, isolons minutieusement le côté tranchant. En le remettant en place, je trouve un poids étrange à une serviette ancienne, frangée, brodée d'initiales inconnues. Le genre de serviette d'avant le tissu-éponge, qui ne sèche rien. Elle enveloppe une boîte, pas très grande, en carton, lourde pour sa taille. Je l'ouvre. Le hachoir peut aller se rhabiller. Je ne saurais pas dire exactement comment s'appelle ce que je trouve, mais comme c'est écrit dessus, le doute n'est guère permis. Un pistolet automatique 6,35 et deux petites boîtes de balles.

— Qu'est-ce que c'est que ça ?

— Ça m'a l'air évident, Gus.

— Mais d'où ça sort ?

— Ah, ça, je l'ignore !

Une arme, comme dans les films ! Nous la sortons de la boîte avec des précautions de démineur. Et si elle était chargée ? On ne sait jamais, mais si j'en crois les polars, il faut nettoyer et graisser une arme si on veut s'en servir. Celle-ci n'a pas l'air très fraîche. Si c'était des couverts, je les passerais au Miror.

— Arrête de déconner, Gus ! J'hallucine ! Maman a un arsenal dans son placard ! Si on cherche encore, on va trouver un poignard à glisser dans le porte-jarretelles, à la Carmen !

Ou un fusil-mitrailleur. Ou un missile intercontinental. Nous n'avons, ni l'une ni l'autre, jamais vu un flingue en vrai. La taille de celui-ci convient indubitablement à une petite main, à la mienne comme à celle de Rémi. Il a l'air de ne pas avoir quitté sa boîte depuis longtemps, mais d'où maman l'a-t-elle apporté ? D'Espagne, forcément ! Oh non, maman, tu ne nous as pas tout dit. Ça, tu n'en as jamais parlé. Un pistolet ne brûle pas, tu n'as pas pu t'en débarrasser comme des autres secrets.

As-tu eu peur toute ta vie ? Chaque jour ? Toi qui hais la violence, tu as cherché à te protéger, au cas où. Jamais tu n'as parlé. Tu as gardé la peur vivante en toi, enfouie, maléfique. Ça me rappelle un souvenir, qui remonte à 1981. Au 23 février de cette année-là. Je suis assise sur mon lit, il fait nuit. Est-il vingt heures ? vingt-deux heures ? Je ne sais pas. Le téléphone sonne. Une voix étranglée, blanche, inconnue me glace jusqu'à l'os. Je ne l'ai jamais entendue. C'est la voix de la peur. Pas la peur. L'horreur. Quelque chose qu'on n'a pas besoin de connaître pour comprendre qu'on est dans l'indicible, l'intransmissible, prend possession de moi. Tétanisée. « *Hija mía*, il y a eu un attentat en Espagne, aux Cortes. Ils reviennent, ils reviennent, c'était trop beau. » C'est maman, et je ne l'ai pas reconnue. Cette voix vit enfermée dans ma mère depuis très longtemps, elle n'est jamais sortie, elle est là. Il lui fallait, pour ressurgir, que la terreur d'autrefois réapparaisse.

J'avais tenté de la rassurer, elle avait tout de suite repris son sang-froid, m'avait demandé de la tenir au courant si j'avais des nouvelles, elle s'apprêtait à appeler Madrid. Nous étions tous pendus au téléphone, terrifiés, tentant d'échanger des infos, avec dans la tête un cauchemar de férocité déchaînée à travers le pays, comme en 1936. Tejero, guignol sordide, avait réveillé bien des traumatismes, signe qu'ils n'avaient jamais cessé d'irradier dans l'esprit de chacun. Le franquisme, poison rémanent. L'intervention de Juan Carlos, en uniforme, ordonnant aux militaires de rentrer dans leurs casernes, donna ses lettres de noblesse à la monarchie et rendit bien des républicains juancarlophiles.

On n'a plus du tout envie d'explorer. On ne veut plus rien surprendre. Cette découverte met fin à nos investigations. Si maman n'en a pas parlé, c'est qu'elle ne le voulait pas. Nous nous sommes octroyé le droit de fouiller dans ses affaires et nous n'aurions pas dû. Nous décidons de nous contenter de transvaser, sans plus rien ouvrir. L'espionnage, très peu pour nous. Nous décidons aussi de ne pas en parler aux autres. Éventer un secret de maman nous paraît encore plus indélicat que le reste. Il vaut mieux oublier. Ou, plus exactement, il vaut mieux se taire. Parce qu'oublier, il ne faut pas y compter.

On remet tout en place dans les sacs puis on empile avec minutie dans un placard du fond du couloir, qui avant renfermait des couvertures. Encore une denrée dont maman ne sait pas se débarrasser. C'est au-dessus de ses forces. La couverture, identité du réfugié, son abri, son foyer. On ne jette pas une couverture. Elle peut vous sauver la vie. On ne sait jamais quand les salopards décideront de revenir ni si nous saurons les en empêcher une fois encore. Comment maman pourrait-elle se sentir en sécurité où elle est ? Rien ne la protège de ses démons.

So long, Will…

Rémi rentre de Los Angeles. Elle a trouvé Will affaibli, mais égal à lui-même, plaisantant à tout bout de champ, écoutant de la musique et prenant ses repas à table avec les autres. Lui aussi appartient à la tribu des résistants. Il a déjà tenu plus d'un mois. Si je veux pouvoir dire adieu, je ferais bien de ne pas trop tarder. Je sais que je peux partir tranquille. Maman est à la maison, en de bonnes mains, elle sera entourée et chouchoutée autant que les circonstances l'exigent. Je me décide à aller passer Thanksgiving là-bas. Yann me rejoindra la deuxième semaine, et nous reviendrons ensemble.

Depuis toujours, c'est Will qui vient me chercher à LAX, il y a toujours tenu, ça faisait partie du rite. Le repérer de loin, lui sauter dans les bras, me sentir de nouveau, le temps d'un *hug*, adolescente. Le genre de chose que je fais avec lui et jamais avec papa, d'une pudeur tout ibérique dans les démonstrations d'affection, et dont seul l'âge a fini par fissurer l'armure. On lui voit les sentiments maintenant. Les gens sont comme le vin, les meilleurs vont en se bonifiant.

L'année dernière encore, Will m'attendait, posté à la sortie des douanes comme s'il n'avait pas bougé depuis mon départ précédent. Seule différence, je ne le laissais plus porter ma valise, arguant du fait que les roulettes sont un vecteur essentiel de la libération des hommes. Cette fois-ci, c'est Lee que j'aperçois, bien sûr, et ce simple manque de lui me serre déjà le cœur.

Dans la voiture, elle m'explique que nous restons chez elle ce soir, et descendrons demain seulement vers Newport.

— Il vaut mieux procéder par étapes, tu dois t'habituer à l'idée qu'il a changé, il n'est plus celui ce que tu connais.

— Rémi l'a trouvé bien.

— Il y a trois semaines…

— C'est à ce point-là ?

— Oui.

Le lendemain, comme tous les premiers matins quand je suis ici, nous allons petit-déjeuner chez Shutter's, dont les fenêtres, au ras de la plage, donnent l'impression d'avoir le nez dans le sable. Les vagues scintillent à distance, on est à marée basse. Tout ici respire la fraîcheur, la netteté. Je pense aux images d'actualité de ces coins de la planète, de l'Afghanistan à la Tchétchénie, qui semblent façonnés dans la poussière et la boue, où on est soulagé de n'avoir jamais mis les pieds tant rien de bon ne semble pouvoir y arriver. Ici, au contraire, le monde est tout propre, tout neuf, souligné de blanc comme une tenue du dimanche, comme un décor qui viendrait d'être passé au jet, avec des gouttelettes suspendues dans l'air, rafraîchissant les palmiers. Tout est nickel, *clean*, bien peigné. Même les *homeless*, les SDF, ont l'air juste assez cracra pour faire vrai, mais leur crasse elle-même doit être artificielle, sortie tout droit d'un magasin d'accessoires. À deux encablures d'Hollywood, la pauvreté, comme la tragédie et le malheur, semble cantonnée à la fiction.

Je regarde Lee, qui me sourit de derrière sa gaufre. J'ai la sensation de n'être pas vraiment là. Des portes vont s'ouvrir, comme au cinéma, il fera froid et gris dehors, il faudra sortir et rentrer à la maison où attendent ceux qui vont mourir. Je chasse ces images. Tout est en train de changer. L'enfance meurt avec ceux qui en furent les témoins. Je m'accroche aux tentatives de légèreté de Lee, qui fait comme si de rien n'était, comme si on allait juste rendre visite à ses parents. Mais je lâche prise, et les larmes que je retenais se font la malle. Lee semble réaliser que j'ai vraiment du chagrin. Elle ne sait pas quoi dire. C'est qu'il n'y a rien à dire.

On prend le Pacific Coast Highway vers le sud. Trois quarts d'heure plus tard, après avoir longé les plages militaires préservées où des pompes à pétrole picorent le sous-sol comme des grosses volailles, on passe la grille de leur résidence. D'un côté de la maison, un jardin, de l'autre, les quais de la marina. Ils se plaisent ici, l'endroit respire la sérénité. À l'intérieur, un silence de dortoir. Ils sont assis tous les deux comme des enfants sages dans le petit salon qui jouxte leur chambre au premier étage, et dont les couleurs sourdes encadrent la vue sur le bras de mer, les bateaux amarrés et le ciel immense, comme un tableau apaisant. Deux étés auparavant, pendant qu'ils étaient tous en Bourgogne, la maison a été refaite afin qu'ils puissent y rester pour toujours. Les escaliers sont désormais pourvus de ces petits sièges électriques qu'on voit dans les pubs, vantés par des vieux comédiens populaires qui arrondissent leur propre retraite en glamourisant autant que faire se peut baignoires à portière, colles à dentiers et forfaits obsèques. Beth et Will mettent encore un point d'honneur à ne pas les utiliser mais ces minitéléphériques, comme la pendule chantée par Brel, savent que leur

heure viendra et qu'il leur suffit d'attendre. Sur le sol, des lumignons phosphorescents, comme ceux des avions, marquent un chemin dans l'obscurité. L'atelier de Will, qui l'a vu s'adonner, depuis des années, à la sculpture, à la fabrication de guitares, puis de bijoux, à la réparation d'automates, a été désaffecté et changé en chambre supplémentaire, apte à accueillir des aides-soignants à domicile. À l'époque où Lee a décidé de ces aménagements avec un de ses frères, ils croyaient prévoir à long terme. Nous avons tous tendance à voir nos parents plus solides qu'ils ne le sont. Ils gardent à nos yeux la figure de géants qu'ils eurent autrefois quand on leur arrivait aux genoux.
Beth et Will sont installés face aux baies vitrées, sur ces fauteuils à géométrie variable, dont on peut moduler l'inclinaison du dossier, orienter les accoudoirs, surélever les pieds, tout un micmac à tromper les douleurs et rechercher un impossible confort. Comme Lee s'est chargée de les choisir, ils sont recouverts d'une élégante flanelle anthracite, échappent à la laideur des modèles en skaï jaunasse qui hantent les maisons de retraite, afin, selon toute vraisemblance, de donner aux pensionnaires envie de mourir tout de suite.

On prend un thé. Quand Rémi est venue, Will descendait encore pour le petit déjeuner, il ne le fait plus, mais prend plaisir à sortir de sa chambre et venir s'asseoir dans le salon du haut. Beth reste égale à elle-même, avec ses cheveux blancs coupés au carré, sa beauté préservée qui garde la même expression de force, d'énergie et de douceur que je lui ai toujours connue, sa peau aujourd'hui résiliée de milliers de rides minuscules. Elle a minci, reste alerte et mobile, a légèrement ralenti, mais demeure la même personne. Will, lui, est devenu quelqu'un d'autre. Il a maigri, fondu, ses vêtements le suivent de loin. Ses jambes, d'une finesse à faire peur, ont l'air encore plus interminables qu'avant. Mais c'est son teint qui signe son état de la manière la plus poignante. On ne pense pas qu'une telle couleur puisse exister avant de l'avoir vue. Sa peau a pris une couleur gris jaunâtre, cireuse, des cernes très sombres fardent ses paupières d'une auréole d'éléphant jusqu'à mi-joue, comme si des mains invisibles tiraient ses traits vers le bas. Il me regarde, un sourire illumine son visage, mais n'efface pas de ses yeux cette même tristesse que j'ai déjà lue dans tant de regards croisés à la maison de retraite. « *Thank you for coming, honey.* » Sa voix a morflé aussi, plus cassée, plus caillouteuse. Comment aurais-je pu ne pas venir ? Je suis tellement contente d'être arrivée à temps.

Lee et moi assurons l'animation. Comme si, *teenagers* de nouveau, nous les assommions comme jadis de nos tocades pour un acteur, une chanson ou une idée qui nous paraîtrait toute neuve et dont eux seraient revenus depuis des années. Assises sur le tapis, on grignote du *peanut brittle*, une irrésistible cochonnerie à cinq cent mille calories la bouchée, on savoure l'euphorie désormais rarissime d'être les benjamines, de pouvoir jouer les fillettes sans que quiconque y trouve à redire. À eux aussi ça fait du bien de faire un saut périlleux arrière de trois décennies.

Ce soir-là, le frère de Lee, avec femme, enfants et petits amis des enfants, passe voir un match de foot américain à la télévision. Ils ont apporté un gâteau géant, comme on n'en trouve que dans cette région du monde, un truc à nourrir le Darfour pendant trois jours. Il s'agit de faire quelque chose tous ensemble, qui ne les fatigue pas. Beth est une enragée de sport depuis toujours, Will suit par capillarité conjugale, avec la même distance que met Beth à fréquenter les soirées musicales de sa moitié. Ce soir, Will joue le jeu et, quand une passe loupée indigne Beth, il lui fait écho. N'ayant jamais cherché à comprendre le secret de ce jeu, je peux à loisir les observer dans l'obscurité, laisser leur visage distrait par le jeu se graver dans ma mémoire.

Des aides-soignantes mexicaines se relaient vingt-quatre heures sur vingt-quatre et n'ont pas encore saisi que je comprends ce qu'elles se disent entre elles. Nul ne s'attend à ce qu'elles débordent d'enthousiasme pour leur job, mais il est clair qu'elles cherchent à en faire le moins possible, et que ça peut se révéler dangereux. Lee, elle, n'a pas besoin de comprendre la langue. Elle s'est rendu compte à plusieurs détails, dont le comptage des pilules, que les filles tirent au flanc. Elle décide aussi sec, à l'américaine, de se passer de leurs services et lance un recrutement qui aboutit à l'arrivée de Philippins, un jeune homme, ses parents et sa femme.

Je glisse à Will :

— L'Asie rafle des marchés dans les endroits les plus inattendus.

Il se marre :

— Je suis content de voir arriver des hommes. Je vais me sentir plus à l'aise si jamais je ne peux plus faire ma toilette seul. Tu me vois aller prendre une douche au bras d'une *señorita* ? Je n'ai rien contre, mais il aurait fallu que ça arrive à une autre époque.

— À cette époque-là, Beth n'aurait pas été d'accord…

— Elle n'aurait pas été au courant.

— Elle risque quand même d'être surprise de te voir préférer te doucher avec un jeune homme.

— Je devrais choisir le vieux ?

— Peut-être… Et lui laisser le jeune…

— Au point où on en est, on ne peut plus rien faire… Discrètement, je veux dire…

Il ne croit pas si bien dire. Parmi les aménagements, un *baby spy* permet d'entendre ce qui se passe dans leur chambre.

Le jeudi soir, pour Thanksgiving, Lee organise le repas traditionnel des pèlerins à la maison. Elle a tout commandé chez un traiteur. Malgré son abondance, c'est un repas simple. On est loin de nos foisonnements gastronomiques. L'immuable dinde rôtie avec sa farce aux légumes, le jambon cuit au caramel, le chou rouge, les pommes de terre, les airelles, le maïs, la tarte à la citrouille. Rien que de très frugal. Et délicieux. Jusqu'à l'année dernière, nous allions au restaurant. Mais que Will descende dans la salle à manger est déjà une prouesse. Ro'ï nous a rejoints, et c'est à cinq que nous célébrons une action de grâces très sobre. À un détail près. Lee et moi l'arrosons intégralement d'un champagne rosé à jeter un pèlerin dans les affres. Will arrive à manger un peu. Sa maladie rend l'ingestion pénible. Il avale des quantités minuscules et a pris son élan depuis le matin pour pouvoir avoir l'air de se nourrir normalement. Épuisé, il remonte dès la dernière bouchée avalée. Sur ses deux jambes, sans jeter un regard au petit siège.

Le lendemain, son petit-fils, neveu de Lee, vient jouer de la guitare. Will, allongé dans le canapé, l'accompagne. « *Nobody wants you when you're down.* » Quand il chante, sa voix d'avant revient. Depuis quelques semaines, le bruit de la maladie de Will s'est répandu, des visiteurs défilent. Comprennent tous qu'il est trop fatigué pour prolonger les conversations. Certains ont traversé le pays et repartent aussitôt. Tout le monde veut dire au revoir au vieux musicien, au vieil ami, au vieux bienfaiteur. On récolte ce qu'on sème. Beth est ravie de cette animation, elle n'en a toujours pas saisi la raison, ou ne veut pas la saisir.

Le soir, après qu'ils se sont couchés, Lee et moi, on s'installe sur le *deck* pour boire un verre. On regarde le ciel. On parle à voix basse. Et, parfois, dans la quiétude, il y en a une qui pleure. Ou les deux. Mais le plus souvent, on arrive à parler d'autre chose. Je n'ai que des nouvelles positives de maman. Elle se plaît à la maison. Si ce n'était pas le cas, je n'en saurais rien de toute façon. Personne ne voudra m'inquiéter à distance.

Yann arrive en fin de semaine, nous allons le chercher à l'aéroport. Lee prend avec lui les mêmes précautions qu'avec moi, ne veut pas qu'il aille directement chez ses parents. Cap sur Santa Monica, donc. Yann pose son sac, Lee ouvre une roteuse rose et nous sortons la déguster sur la terrasse, face à l'océan. Elle essaye de nous faire voir les dauphins, mais j'ai beau plisser les yeux dans la direction indiquée, je ne vois que vagues et palmiers. Je m'en contente. Savoir que les dauphins existent suffit à mon bonheur, surtout quand j'ai une coupe à la main. Yann a l'air du type qui trouve que la vie vaut la peine d'être vécue. C'est le moment que choisit Lee pour sortir sa botte secrète, dont elle ne m'avait pas soufflé mot :

— Ça vous dirait d'aller à Vegas ?

Moi : Vegas ? Ça va pas, non ? Lee, je me souviens de l'époque où tu avais un *bumper sticker*….

Yann : Un quoi ?

Moi : Un autocollant à pare-chocs, marqué « *Nuke Vegas !* », autrement dit, « Balancez une bombe nucléaire sur Las Vegas »…

Lee : Ça remonte à mon époque gauchiste radicale, y a prescription ! Depuis Vegas est devenu fréquentable, je t'assure, un parc d'attractions, sans plus.

Yann : Bien sûr que ça me dirait !

Lee : Ah, tu vois ? Il va adorer ! Ro'ï aussi adore !

Moi : Yann, c'est parce qu'il n'y est jamais allé.

Lee : Et toi, quand tu y es allée, t'avais même pas le droit d'aller dans les casinos ! J'ai réservé au Bellagio, j'ai besoin d'un break autrement je vais collapser et je suis sûre que toi aussi. Quant à Yann, il n'a jamais vu le désert, ni le Nevada. J'ai laissé des consignes à la maison, ils s'occupent de tout, on ne reste que trois nuits, ça fait cinq jours avec les voyages. On y va en voiture, on se relaiera pour conduire ! OK ?

Je connais assez ma Lee pour savoir qu'on ne se relaiera pas du tout. Il lui faudrait être au bord de l'épuisement pour qu'elle lâche le volant, et ça ne peut pas arriver. Elle est fille de Californie du Sud, une partie de son patrimoine génétique a muté sous l'influence de l'automobile. Conduire ne la fatigue pas, ça la recharge.

Yann, enthousiaste, me fait des yeux éloquents, genre allez, laisse-toi aller, on n'a qu'une vie. Ils ont raison, on ne peut pas rester sous pression en permanence. Va pour Las Vegas. *Twist my arm*. On appelle Beth et Will. À Yann, qui le salue, Will demande de jouer pour lui *two quarters on crap*. Un demi-dollar sur le crap.

— OK, je le ferai dès que j'aurai compris ce que ça veut dire.

Bien sûr j'avais tort dans mes préjugés. Pour ce qui est de se changer les idées, une virée à travers le désert, plus quelques jours avec les bandits manchots et la dinguerie névadesque constituent à coup sûr le moyen idéal de se vider la tête. Et voilà comment on se retrouve, entre un faux Venise, un faux Paris, des temples romains en stuc et des sosies d'Elvis à tous les coins de rue, projeté dans l'essence même de la culture américaine, leur capacité à habiller les vices les plus violents en divertissements enfantins. J'achète une carte postale pour maman, avec un détail d'une mosaïque qui décore un des lobbies les plus extravagants. Si la tour Eiffel qui s'encadre dans la fenêtre de la chambre est en modèle réduit, le théâtre dans lequel nous assistons à une représentation du Cirque du Soleil a des proportions gigantesques, et il est contenu dans l'enceinte même du Bellagio, qui n'a d'hôtel que le nom. C'est une ville dans la ville. Ils osent tout, et à force, ça devient amusant, il faut reconnaître. Bien sûr, l'exercice demande que l'on ferme les yeux sur la prostitution à la fois omniprésente et discrète, qui rappelle que nous nous déplaçons en fief mafieux. Vegas, comme certains dessins animés, comporte plusieurs niveaux de lecture. On peut y emmener des enfants sans qu'ils discernent que d'autres jeux s'y pratiquent simultanément avec les leurs. Aux leurres. Lee a délibérément choisi une version sort de Babylone, et ça nous va. Elle a une machine favorite et claque des billets de cent en invoquant les millions de dollars censés flotter dans l'espace à la recherche d'un point de chute. Yann claque ses dollars à la roulette, pendant que des hôtesses en minirobe lui offrent du champagne gratuit. Et on voudrait qu'il n'aime pas ça ?

Comme pour nous laver la tête au retour, le désert nous offre un coucher de soleil à couper le souffle. Le ciel orange, violet découpe en ombres chinoises les *Joshua trees*, ces cactus punk qu'on dirait coiffés à l'iroquoise, et projette des couleurs de fête sur les flancs arides des sierras. Les voyages en voiture sont propices à la méditation. On imagine les pionniers franchissant sans route, en famille, dans des chariots bâchés, cette caillouterie infernale pendant des jours et des jours. Vive le XXIe siècle. Au moment où cette pensée me traverse, je me dis qu'aujourd'hui, les arrière-petits-enfants de ces voyageurs à la recherche d'un avenir poursuivent à coups de flingue les saute-frontières qui cherchent à échapper à leur destin de misère, héritiers authentiques de leurs aïeux. Ainsi va la vie. La famille maternelle de Lee arriva en semblable équipage, Beth en a gardé son goût pour les *quilts*, ces couvertures en patchwork que les pionnières fabriquaient collectivement avec des vieux vêtements réduits en petits morceaux, chefs-d'œuvre de ces femmes dont la morale exigeait que leurs mains *keep busy*, restent occupées en permanence pour éviter, sans doute, que leur esprit ne baguenaude vers des rêvasseries peu vertueuses. Mais Beth, contrairement aux miliciens de la frontière, est restée fidèle au véritable esprit pionnier, elle se met toujours spontanément du côté des plus faibles et du côté de la liberté. Elle est d'un radicalisme qui ne fait que se renforcer avec le temps, a toujours tenu tête, avec une vigueur surprenante chez cette femme si douce, à quiconque tient devant elle des propos sectaires.

Nous retrouvons Beth et Will. Cinq jours, cinq petites journées, et Will est un peu plus maigre, un peu plus gris. Il n'est plus sur son fauteuil, mais étendu de tout son long dans le canapé du petit salon. Yann lui annonce que le demi-dollar n'a pas plus résisté à l'appétit du *crap* que ses économies à celui de la roulette… Je profite de ce que Yann descend chercher des sandwiches et que Lee distrait sa mère qui commence à se rendre compte que son mari ne va pas s'en sortir, pour m'installer avec Will sur le canapé, tout près, dans le creux laissé par ses jambes un peu repliées. Je lui prends la main et je lui lâche tout à trac ce que je pense de lui, ce qu'il a représenté dans ma vie, je le remercie. Pour tout. Il me serre la main très fort, et me dit lui aussi des choses très douces, que j'emporterai avec moi, comme il va emporter avec lui mes paroles d'aujourd'hui, je le sais. Je n'en rajoute pas, je ne veux pas pleurer. On s'en sort comme d'habitude par une plaisanterie usée jusqu'à la corde. Je ne suis venue que pour trouver le moment de lui dire tout ce que je ne lui avais jamais dit. J'ai accompli ma mission. Les autres reviennent, on attaque les sandwiches, Lee essaye de lui faire avaler à la petite cuiller une compote qu'il aime. C'est le dernier soir où il sort de sa chambre.

Le lendemain matin, en bas, autour de la table du petit déjeuner, Beth a senti le vent tourner. Elle ne veut pas avaler ses médicaments.

— Je les prendrai le jour où quelqu'un sera capable de m'expliquer à quoi ça sert.

Lee, avec une patience illimitée, prend chaque drogue, une par une, dit son nom et à quoi elle est censée répondre. Beth renâcle. Sa voix n'a rien perdu de sa douceur, elle prononce parfaitement chaque syllabe, comme si elle s'adressait aux très jeunes élèves qu'elle eut jadis, entre la fin de l'université et le début de son mariage.

— Je ne parle pas de ça ! Tu sais aussi bien que moi que les potions ne servent à rien. Ce que je demande c'est : à quoi ça sert d'insister ? Il arrive un moment où il n'y a rien à guérir ! On est vieux, c'est tout ! Ça-ne-gué-rit-pas, tu comprends ? Écoutez-moi, les enfants, même toi, Yann, il ne faut pas être vieux, c'est tout ! C'est terrible d'être vieux. On sert à rien, on encombre. La seule chose à faire, c'est nous envoyer droit en enfer. Moi, c'est là que je veux aller. *Right to Hell.*

On essaye de prendre ça à la rigolade, mais ce matin elle ne plaisante pas. Elle en a marre, c'est tout. Marre de faire semblant de ne pas voir qu'elle est sur le point de perdre celui qui n'a jamais cessé d'être son amoureux. Lee recommence à décrire les bienfaits supposés des pilules multicolores. Elle aura sa mère à l'usure. Que faire d'autre ?

C'est l'heure de la sieste. Je lis dans le canapé du petit salon gris. Lee et Yann jouent au billard, dans la salle de jeu, au niveau du *deck*, un étage et demi plus bas. Beth est allée s'allonger à côté de son mari. Le *baby spy* me restitue de menus bruits, que j'essaye de ne pas entendre sur leur intimité. Puis, très claire, la voix de Beth, et Will qui lui répond. Deux voix d'une douceur qui serre le cœur.

— Will ?

— Oui, *honey* ?

— Tu dors ?

— Oui.

— *(rire à peine audible)* Tu veux une couverture ?

— Je veux bien, *honey... (bruissement de tissu)*

— Comme ça, ou repliée ?

— Comme ça, c'est parfait...

— Will ?

— Oui, *honey....*

— Je peux te tenir la main ?

— Bien sûr...

— Will ?

— Oui...

— Je t'aime.

— Moi aussi, je t'aime, Elisabeth.

Et moi, à côté, avec le sentiment d'avoir volé quelque chose, je pleure, aussi doucement qu'ils échangent des mots d'amour.

Nous allons, à tour de rôle, tenir compagnie à Will, en silence. Dehors, le ciel de novembre fait grise mine, mais n'arrive pas à être vraiment triste. Vient le jour de les quitter. Avant de partir à l'aéroport, Yann va le saluer, lui glisse : j'aurais aimé être ton petit-fils. « *You are* », lui répond-il. Puis c'est mon tour de lui dire adieu, je sais que je le vois pour la dernière fois. Je m'agenouille à côté du lit, et je le prends dans mes bras, je sens comme il est maigre. Il me serre contre lui, j'enfouis ma tête dans son épaule, je l'embrasse dans le cou, et on reste un moment comme ça, jusqu'à ce que les sanglots m'étouffent. Je ne voulais pas pleurer, mais là je ne vois pas comment ça serait possible.

— *So long Will.*

— *So long, honey.*

Je m'arrache à lui, il ne me quitte pas des yeux. Je me recompose un visage pour dire au revoir à Beth. Dans la voiture, on n'échange pas une parole. À l'aéroport, on boit un *tchaï* chez Starbucks, j'embrasse Lee, longtemps, je lui souhaite du courage, elle va en avoir besoin. Will a déjà dépassé les prévisions des médecins. Peut-être tiendra-t-il jusqu'à Noël. Pour Beth.

Hasta siempre, mamá

Je rentre des États-Unis le 7 décembre. Il reste à maman une semaine à vivre. Mais je ne le sais pas. Dans l'avion, je suis même persuadée que maintenant nous allons pouvoir la gâter vraiment, faire de ses dernières années un tel sommet de douceur qu'elle ne voudra jamais partir. Comment ai-je pu être aussi optimiste. Aussi aveugle, encore une fois dans le déni, pour voir non pas la réalité, mais seulement mon désir à moi.

Elle n'est pas tombée. Elle ne s'est rien cassé. Elle est à la maison, un brin déroutée par son changement de chambre, mais contente, retrouvant ses habitudes. Alors quoi ? C'est la question qu'il ne faut pas se poser et qui me taraude. A-t-elle décidé qu'arrivée à bon port elle n'avait plus rien à attendre de la vie ? Il me semble qu'elle aimait trop vivre pour ça. Que désormais nous étions assez habitués à l'idée de la perdre pour enfin cesser de résister contre le raz-de-marée qui lui était passé par le corps, comme elle me l'a dit une fois ? Ou bien n'a-t-elle rien décidé du tout et c'est son corps, las de lutter, qui a lâché la rampe ? Quelques jours avant que ses forces la quittent, assise sur le canapé, elle a soupiré :

— Vivre comme ça, ce n'est plus vivre.

Sa seule phrase de découragement. Deux jours après, elle ne s'est pas levée.

Devons-nous l'hospitaliser une fois encore, comme le suggère le médecin ? Il parle de traitement, de transfusion, de je ne sais quoi encore. Une fois encore les aiguilles, les hématomes, les pilules, les moniteurs, l'angoisse, la solitude. Une fois encore brinquebalée, analysée, bombardée sans aucune certitude quant au résultat, juste l'acharnement qu'aujourd'hui on considère comme la seule réponse à l'angoisse ultime. Que convient-il de faire ? Se donner bonne conscience en essayant tout jusqu'à ce qu'elle implose de souffrance ? La garder respirante et amoindrie pour le seul soulagement de pouvoir dire : oui, j'ai encore ma mère ? Grignoter quoi ? Quel répit ? Pour qui ? Dans quelles conditions ? Assumer que quoi que nous fassions, nous allons la perdre et qu'au point où nous en sommes, tout sursis implique plus de douleur que de bonheur ? Comment savoir ce qui est mieux pour elle, comment savoir ce qu'elle veut elle-même alors qu'elle nous envoie des signaux contradictoires, puis plus de signaux du tout ? Comment concevoir au bord du gouffre autre chose que des supputations ? Devons-nous la forcer à vivre, ou l'aider à mourir ? L'amour véritable ne consiste-t-il pas à faire passer les besoins de l'autre avant les siens propres ? La situation implique beaucoup plus de questions que de réponses. Des réponses, il n'y en a pas.

La mort, sûre d'elle, pose ses jalons, et petit à petit les rapproche. Maman est assiégée, encerclée. La faucheuse est un gros matou vicelard qui aime dépecer ses victimes avec des lenteurs de tortionnaire chinois. Devons-nous à notre mère de lui couper l'herbe sous la patte, à cette sale bête ?

À quoi bon insister ? *Ponerme buena*, jamais ça n'arrivera. Maman a toujours été une femme courageuse, le serions-nous moins qu'elle ? Aurons-nous le cran de la porter, de l'accompagner là où elle doit aller ?

Le lundi, elle ne parle plus. Elle est couchée, les yeux grands ouverts, mais ses forces se sont envolées. Elle n'a même plus assez d'énergie pour faire vibrer ses cordes vocales. Je m'attarde sur les embrassades et câlineries qu'entraînent les retrouvailles après les quinze jours de séparation que je ne risque pas de me pardonner, puis je comprends que je dois cesser le babillage faussement léger que j'utilise avec elle. Je sais qu'il lui fait du bien, mais je sais aussi qu'elle n'est pas dupe une seule seconde. Ce serait lui faire injure que de feindre que nous en sommes encore là. Je la prends dans mes bras, je m'approche au plus près, je parle dans son souffle, comme si je voulais que mes paroles ne passent pas par son ouïe, mais dans l'air qu'elle respire.

— Tu te souviens de Yaya ?

Ses yeux me répondent. Avec une vivacité qui me prend de court. Je lis qu'elle me demande si je plaisante. Surprise, je tente le coup des paupières.

— Maman, cligne des yeux, une fois pour dire oui, deux fois pour dire non. D'accord ?

Elle cligne. Une fois.

— Tu veux un coup de pied aux fesses ?

Deux battements. Elle sourit. Un tout petit sourire, mais elle sourit.

— Tu penses à Yaya ?

— Oui.

— Et à Pepe ?

— Oui.

— Tu vas les revoir. Tu vas les rejoindre. Yaya t'attend depuis si longtemps. Elle est contente avec Pepe, mais tu leur manques tellement. Tu le sais ?

Elle me fixe. C'est la première fois que je lui parle de sa mort.

— Yaya ne va pas te trouver changée, je suis sûre. Tu es restée la même, elle va être fière de toi, comme nous le sommes tous. Tu vas savoir la faire rire, Pepe ne sera plus seul à la distraire.

Elle me sourit des yeux. N'en croit pas un mot, mais croire ne sert à rien. C'est rêver qui sauve.

— Tu vas aller les rejoindre, maman. Tu seras à Madrid, avec eux. À Madrid, tu entends ? Avec eux. Je te le promets, maman. À Madrid. On va t'emmener là-bas. C'est ce que tu m'avais dit, tu te souviens ?

Elle me regarde intensément. Pourvu qu'elle ait compris. Je crois que oui. Elle cligne une fois. Je lui embrasse les mains.

— Maman, je te l'ai déjà dit, mais je vais te le redire et je ne le dirai jamais assez. Tu es la meilleure *mamá* du monde. Tu l'as toujours été et tu le seras toujours. Nous sommes ensemble, tous les quatre, tu vois, unis comme tu as toujours voulu. Tu as réussi, maman, et ce n'était pas facile. Tu n'as jamais baissé les bras. Merci.

Je lui parle encore, je me répète jusqu'à ce que mes mots forment une litanie qu'elle puisse se répéter quand elle a peur. J'espère.

Pendant tout le temps où je lui parle, elle me répond avec ses yeux. J'en suis sûre. Elle comprend. Nous communiquons. Je finis par chuchoter jusqu'à ce qu'elle s'endorme.

Sans nous concerter, nous avons tous fait la même chose, chacun à sa manière. Je ne peux qu'imaginer ce que lui ont dit Rémi, Beni, Rodrigo, Gonzalo. Je préfère ne pas le savoir. Trop de raisons de craquer me cernent déjà. Pas la peine d'en ajouter.

Papa n'entre pas dans la chambre. Il reste sur le seuil, observe sa femme, et repart. Ne dit pas un mot. Plutôt se faire hacher menu que reconnaître que c'est trop dur pour lui. Voyant à quel point elle résiste, après plusieurs jours d'agonie, il lâche :

— L'âme ne veut pas quitter le corps.

Est-ce bien toi, papa, qui viens de prononcer cette phrase ? L'âme ne veut pas quitter le corps ? Dans quelles affres te débats-tu, toi aussi, mine de rien ?

« On la réchauffe de baisers, on lui remonte ses oreillers, elle va mourir, la mamma… » Pas étonnant que la chanson qui m'obsède ait eu tant de succès. Aznavour sait de quoi il parle. Il sonne si juste que c'est insupportable. Il arrive un moment où la seule chose qu'on peut faire, qu'on fait et qu'on refait, est de lui remonter ses oreillers, de la réchauffer de baisers, comme si ces gestes, on les connaissait depuis toujours, comme s'ils venaient de la nuit des temps et qu'on sache déjà en naissant qu'un jour on aura à les accomplir. Et que c'est une chance de pouvoir le faire. Une chance que maman, elle, n'a pas eue.

Je pense au roman de Faulkner *As I lay dying*, traduit par *Tandis que j'agonise*. En français, nous avons deux verbes, au sens différent, mourir et agoniser. En espagnol aussi. En anglais, *to die* exprime les deux nuances. Ils n'ont pas ce verbe atroce. Agoniser. Cela rend-il les choses plus supportables ?

Lee envoie des fleurs. Rodrigo les lui montre, lui traduit la carte. Et maman, qui ne sait plus pleurer depuis longtemps, pas une fois depuis au moins deux ans, comprenant de qui elles viennent, laisse échapper une larme. Il met le bouquet dans son champ de vision. Elle ne le quitte pas des yeux.

Tous les jours, je trouve le temps d'aller chez mes parents. Le lundi qui suit mon retour, j'ai un dîner le soir. Je prends mes affaires avec moi, je me change dans sa chambre, tout doucement, en lui racontant ce que je vais faire. Elle me regarde. Je la distrais ou je la fatigue ? Comment savoir ? Je lui mets le même parfum qu'à moi. Je l'embrasse, encore et encore. *Hasta mañana, mamaíta...* C'est la dernière fois que je croise son regard.

Le lendemain, alors que je suis déjà dans mon parking, prête à partir chez elle, je me rends compte que je vais manquer de temps. J'appelle. Mon neveu Gurriato me répond. *Sin novedad*. Elle dort. Son père est là, le mien aussi. Beni va passer. Je lui dis que je passerai demain, autrement, je me mets en retard. Je rentre chez moi. Puis c'est Gurriato qui appelle. En voyant son visage sur l'écran de mon téléphone, j'ai peur de comprendre.

— Tita, je viens d'aller la voir dans sa chambre. Je crois qu'il faut que tu viennes.

Absurdement, je demande s'il est sûr.

— Sûr de quoi ?

Il a raison. Mais peut-être se trompe-t-il ? Je sais que non. J'espère que, peut-être, je vais arriver à temps. À temps de quoi ?

Maman est morte. Je n'étais pas avec elle.

Nous sommes venus, nous sommes tous là. Florence, une infirmière qui commença par prendre soin d'elle et finit par devenir l'amie de toute la famille, a spontanément proposé son aide. Elle est passée la voir tous les jours dès qu'elle a compris ce qui se passait. Elle lui a bandé le visage, fait ce qui est d'usage, avec légèreté et discrétion, comme si ça allait de soi. On croise parfois, dans la vie, des anges gardiens déguisés en gens. Nous faisons des allers-retours entre la chambre et le salon pour l'embrasser, lui parler, puis tenter de nous reprendre. Elle a l'air si sage, si sereine. Un demi-sourire lui est resté posé sur les lèvres. Sa bouche est jolie. Son front n'a pas une ride. Peut-être rêvait-elle. Peut-être rêve-t-elle encore.

To die, to sleep, no more, and by a sleep to say we end the heartache.

Nuages

16 décembre 2009

Je me lève.

Ce matin, comme tous les matins, je me sers un café et je regarde le ciel. Une trouée lumineuse traverse l'épaisseur des nuages. Et je suis frappée par l'évidence que c'est maman qui me fait signe. Au moment même où cette pensée incongrue me traverse l'esprit, une voie parallèle s'ouvre dans mon cerveau, une voix plutôt, qui me dit : pauvre fille, tu en es où, là ?

Je ne l'écoute pas. J'ai reconnu la lumière. Maman.

— Tu parles aux nuages maintenant ?

— Je m'en fous, de ce que tu penses. Elle est là, je le sens.

Mon cerveau se prend la tête avec mon cœur, ou mon plexus solaire, ou mes tripes plutôt, une partie du corps qui ne réfléchit pas, qui ressent seulement, et qui a accosté ma conscience. Je viens de passer de l'autre côté du miroir.

À la nuit, je vais chez mes parents. Je dis encore mes parents. Tout le monde est là. On vient de « procéder à la levée du corps », comme ont dit les employés des pompes funèbres qui viennent de quitter l'appartement. Drôle de job. Ils ont emmené maman, accompagnée de Rodrigo et enveloppée dans une housse médicalisée. C'est le nom officiel pour un sac en plastique. *La tratan como un objeto*, a dit papa. On la traite comme un objet. Comme s'il y avait moyen de faire autrement, une fois qu'il faut transporter un corps d'un point à un autre. D'habitude ça se passe à l'hôpital, on se rend moins compte. On peut se représenter que des anges ailés et bienveillants déplacent les restes dans un souffle parfumé, les posent en douceur, habillés, maquillés et jolis, pour qu'ils prennent la pose du dernier au revoir destiné aux familles éplorées. Moi aussi, je me joue un petit film pendant que maman traverse discrètement la nuit.

No temas, mamá, no temas. N'aie pas peur. Nos pensées te protègent. Je t'ai fait une petite cuirasse de mots, pour que tu ne craignes rien. Ce soir tu dors là-bas, dans un tiroir. Un compartiment réfrigéré, comme ils disent. Un frigo, quoi. Au funérarium du mont Valérien. Inconnu d'elle. *No temas.* Tu es avec nous, ici. Beni fait de la tortilla, Rémi l'aide, enfin, tu vois, elle lui tient compagnie. Papa et Gurriato jouent aux échecs en ligne.

— Tu préfères te laisser bouffer un pion, ou bien on laisse tomber le fou, la tour et la reine ?

Ou quelque chose comme ça, faut pas compter sur moi pour la théorie, les échecs c'est pas mon truc. Y en a eu assez dans la famille, tu ne crois pas ?

Je suis en train de lui boire son Martini, à maman.

Ce qui lui arrive est déjà arrivé à plein de monde, et même des gens très protégés et puissants. Alors c'est comme qui dirait normal.

Je pense au corps de maman, embarqué vers l'infini. Le corps de sa mère, pour un enfant, est le doudou ultime. Je n'ai jamais ni sucé mon pouce ni vénéré un nounours ou un chiffon. Pas besoin. Un regard d'elle, ce regard de miel qui sucrait la vie, et tout allait bien. Un sourire, aussi. Elle disait que sourire est bon pour les dents, ça les oxygène. Ça doit être vrai, ses dents étaient vraiment blanches, nacrées. Son sourire éblouissant, rouge intense. Rouge baiser. La bouche de maman, bouche de dame. Ce regard, ce sourire étaient mon refuge. Ma force. Jusqu'à aujourd'hui. Me voilà SDF. Comment je vais faire maintenant ? À qui je vais demander quand je ne sais pas ?

¡ Donde estás, corazón, que te quiero ! Où es-tu, mon cœur, je t'aime ! C'est papa qui a perdu la flèche sur son écran et qui tente de la séduire par une copla, ou un tango, je ne sais pas. Ou qui fait semblant de s'adresser à son écran, pour faire écran à ses émotions. Papa a toujours une chanson en réserve, qu'on ne connaît pas. Et comment ça l'énervait, maman. Parce qu'elle les connaissait toutes elle aussi, mais ça ne lui revenait qu'une fois que papa l'avait extraite des abysses de sa mémoire reptilienne… Et quand il l'avait repêchée, il la chantait. Fort. Et faux. Et elle enrageait, corrigeait. Elle chantait juste, elle. Mais après coup. *Donde estás, corazón…*.

J'ai vidé le Martini. Je me demande s'il n'est pas en train de me monter à la tête.

17 décembre 2009

Tu es trop forte, maman. Tu nous gâtes. Hier, ce ciel sublime, comme un signe, comme un clin d'œil. Et ce matin, la neige sur Paris ! Une carte postale à ma fenêtre et un silence propice à ma tristesse, tu fais les choses en grand. Tu as bien compris que nous allons avoir besoin d'un peu de baume au cœur. *Gracias, mamá.*

L'après-midi, je vais marcher aux Tuileries. Le ciel s'est obscurci, décembre pèse. La neige a un peu fondu, une couche désormais parcimonieuse efface les couleurs et absorbe les sons. Tout est gris, d'une sérénité triste qui me convient. La nouvelle moi, celle qui croit aux esprits, qui parle toute seule, qui perçoit ce qui n'existe plus, entame son parcours habituel, tellement familier que mes baskets, si je les retirais, partiraient toutes seules faire leur tour de piste. Traverser la cour Carrée, puis les Tuileries, descendre sur les quais à la passerelle Solferino, longer les péniches, passer sous les ponts jusqu'à l'Alma, et revenir. Je le parcours avec d'autres yeux. Je vois ma mère dans les nuages, je la devine au cœur même des pierres de la rambarde qui protège les passants des eaux hostiles de la Seine, je la sens qui brille dans les dorures du pont Alexandre III, qui palpite dans les reflets du fleuve. Mes écouteurs, encapsulés dans mes oreilles comme des bernard-l'ermite dans leur coquillage, m'isolent du monde et me délivrent en boucle tout ce qui chante en espagnol. Tout ce qui me parle d'elle. Maria-Dolores, Concha, Julio, Sara, des vieux airs qu'elle connaissait, que j'écoutais avec elle, échos d'un monde d'autrefois, son monde. J'ai un geste grotesque si on considère la luminosité ambiante. Je mets mes lunettes noires. Ça cache mes larmes, qui coulent toutes seules, sans que je pleure. Je sens maman avec moi et je veux que ça ne s'arrête jamais.

18 décembre 2009

Ce matin, sur le mont Valérien, le ciel la joue furibarde. Une humeur de dogue. Des bourrasques m'empêchent d'ouvrir ma portière, des tourbillons me giflent la figure et manquent m'arracher mon écharpe, l'air humide me glace jusqu'à l'os. Par terre, ça glisse et tout dégouline dans une lumière incertaine. Nous avons rendez-vous avec toi, pour ta dernière apparition. La porte du funérarium se referme et c'est comme si on avait changé de planète. On nous indique le salon où maman repose. Tout le monde est là. Ça fait un tout petit groupe : tes enfants, tes beaux-enfants et tes petits-enfants, sauf Carchopos, rentré à Madrid. Non. Tout le monde n'est pas là. Où est papa ? Ne devait-il pas venir avec Rodrigo ? Si, mais dix minutes avant de partir, il est sorti « faire une course », a-t-il dit. Il nous reste à peine une heure pour nous recueillir, le fourgon pour l'aéroport obéit à une procédure précise. Nous attendons. Et comprenons qu'il ne viendra pas. N'a pas pu même le dire. Nous comprenons ça aussi.

Maman dort dans son cercueil ouvert comme dans un moïse. Je pose un baiser sur son front, glacial, sur sa joue, au coin de sa bouche comme pour vérifier qu'aucun souffle… Elle est enveloppée dans l'étoffe que nous avons choisie pour elle parce qu'elle l'aimait beaucoup, la dépliait de temps en temps pour le simple plaisir de la contempler, puis la rangeait. Elle part comme elle est venue au monde, son corps vêtu seulement de cet immense drap blanc, ancien, brodé, un tissu lourd et fluide, magnifique et rassurant. Elle ne peut que se sentir protégée. *Bien tapadita, abrigadita*. Nous glissons une photo de Yaya sur sa poitrine, face contre peau, comme nous avions fait pour Harmonia, comme un ticket pour qu'elle sache bien où elle va. Nous faisons cercle autour d'elle et chacun lui dit adieu. En silence.

Nous lui faisons un dernier baiser avant que soit scellée, devant un officier de police, son ultime couchette d'avion, très surveillée, doublée de zinc avant de monter dans le zingue. Non pas que l'on soupçonne maman de jouer les filles de l'air, mais Vigipirate veille. Maman est hermétiquement protégée dans son berceau volant, et ça, c'est une idée qui lui aurait plu. Je mets ma main bien à plat sur le bois. *No temas, mamá*. Nous ressortons, et regardons le fourgon prendre le départ vers Roissy jusqu'à ce qu'il ait disparu de notre champ visuel. Le linceul de nuages qui étranglait le ciel s'est déchiré et un ciel lavé de frais est apparu, le soleil est pâle mais il fait scintiller la neige, et c'est comme si maman nous disait OK, message reçu, j'y vais. Prochaine étape, Madrid…

Prochaine étape pour elle. Nous, nous rentrons chez papa, sûrs de le retrouver à la maison. Yann se met au volant, je ne suis pas en état. Les autres sont partis rejoindre leur voiture en trottinant sur la bouillasse, et nous tentons de sortir de la plaque de verglas sur laquelle je me suis habilement garée tout à l'heure. La voiture patine, ne bouge pas d'un centimètre. Je ne lui demande pas autant de solidarité, moi non plus je n'ai pas envie de retourner à la normale, mais rester dans le voisinage du funérarium ne fait pas partie de mes intentions. Yann me regarde, navré. Il pense comme moi que mon inconscient m'a guidée vers un point qui m'interdit de quitter le dernier lieu où ma mère est apparue à visage découvert. Des employés en uniforme funèbre voient qu'en plus du moral j'ai un pneu à plat, ils ont pitié de nous, et nous poussent. Yann nous bringuebale en cahotant avec précaution jusqu'à une station-service et son providentiel gonfleur. Il fait l'homme-orchestre, s'affaire autour de la traîtresse sans que j'aie à lever le petit doigt ni même à sortir du cocon de l'habitacle. Il me sourit à travers le pare-brise. La vie n'est jamais complètement moche.

À la maison, non seulement papa attendait, mais il avait préparé à manger. Il avait aussi posé des photos de maman, des photos d'avant, un peu partout. Il préfère garder dans son souvenir cette version-là. Gonzalo et

Rodrigo vont partir pour Madrid. Rémi et moi restons avec papa.

19 décembre 2009

À quatorze heures, je regarde le ciel. Grand bleu. Maman vient de décoller. Un petit tour dans les nuées, avant la grande plongée.

20 décembre 2009

Depuis ce dimanche matin, à dix heures, elle repose au cimetière de la Almudena, aux côtés de sa mère et de son frère. Il faisait sur Madrid un soleil radieux, l'air était sec et transparent. L'hiver madrilène tel qu'elle l'adorait. Maintenant, il va falloir vivre sans elle.

Amour filial

Aimer sa mère. Ça s'appelle amour filial. L'expression est démodée. Elle a une douceur de convalescence, insipide comme une compote, qu'on mange sans déplaisir ni appétit particulier quand on a été malade, qu'on va un peu mieux, qu'on se dorlote en attendant de guérir. Amour filial ne convient pas à l'attachement violent que je ressens pour ma mère. Parler d'elle à l'imparfait n'a pas de sens. Je ne suis pas sa fille, je suis elle. La réciproque n'est pas vraie. Elle n'est pas moi, tout du moins pas que moi. Je n'ai qu'une mère, elle a quatre enfants. Je suis restée en osmose, comme le nourrisson que j'étais jadis, comme si je n'avais pas franchi la barrière qui m'aurait séparée d'elle et rendue capable d'être mère à mon tour. Je suis elle. Pour lui être fidèle ou pour me protéger de la vie en restant barricadée dans celle qui m'a mise au monde.

Je suis sa complice. Elle garde des secrets que je ne cherche pas à découvrir. Si elle les tait, elle sait pourquoi. Si je venais à les connaître, je les tairais aussi. Il arrive que je la voie mentir, émettre des petits mensonges d'autodéfense, mensonges quand même. Je les fais miens. Je me sens prête à défendre sa version bec et ongles si nécessaire. Je sais ce qu'elle attend de moi. Elle ne m'a jamais rien demandé, pourtant. Me l'a-t-elle fait comprendre par ce langage qui se passe des mots, qui se transmet comme un courant entre une mère et son enfant ? Je me sens solidaire, au sens premier. Comme la pierre d'une voûte dont elle serait la clé.

J'ai eu tellement de chance, et elle si peu. Il faut savoir naître, on le sait. Je suis venue au monde à une époque plus facile, plus gaie que celle qui lui a échu. Maman était brillante, ambitieuse. Mais dans des circonstances où les désirs les plus anodins devenaient des montagnes inaccessibles, elle a dû faire taire ce qui venait du fond d'elle-même, qui l'aurait projetée dans des sphères où elle aurait pu donner sa mesure.

Ses silences en disent plus que ses histoires. Elle a cru devoir cacher tout ce qui pouvait l'empêcher de nous offrir un monde léger, insouciant et propre. Je ne me suis jamais senti le droit de faire irruption dans la partie de sa vie qu'elle avait enfermée à double tour et qu'elle a emportée avec elle. Mais même quand le mystère n'est jamais levé, ce qu'on dissimule pèse de tout son poids.

Mon amour pour mon père est moins déchirant. Peut-être parce que papa donne le sentiment d'avoir davantage choisi sa vie, mené sa barque à sa façon. Ma mère a suivi mon père, et non le contraire. Les frustrations de l'exil constituaient la conséquence non désirée mais logique des engagements de mon père et de lui seul. Ma mère est arrivée à reculons, n'a jamais cessé de regarder en arrière et de pleurer la vie qu'elle avait abandonnée.

J'aurais aimé lui donner ce qu'elle n'a pas eu. Gommer de sa vie la frustration. Effacer guerre, séparations, disparitions et autres arrachements, j'en ai rêvé depuis l'enfance. Fabriquer des grands moments et des souvenirs, pour compenser les souffrances, les manques. Mais rien ne s'efface. Rien ne se rattrape.

Si j'étais la fille d'une femme qui a triomphé dans la vie, réalisé ses ambitions, mon chagrin de la perdre serait lourd, mais lisse et luisant comme un astéroïde filant à travers l'infini. Un sentiment fini, rationnel. Mais ma mère, je lui devais un palais, je lui devais nous tous réunis, je lui devais ce qu'enfant j'avais rêvé pour elle. J'ai échoué. Je ne savais pas que les châteaux en Espagne sont l'autre nom des chimères. Mon chagrin en est rugueux comme l'écorce trempée d'un tronc à la dérive, arraché avant d'avoir fini d'être un arbre. Je m'y griffe, je m'y blesse, je me noie avec lui. Je n'ai pas réussi à sauver maman. Il est trop tard.

Après…

Janvier 2010

Will meurt le 5, en fin d'après-midi, exactement trois semaines après maman. En guise de dernier cadeau à Beth, il aura tenu jusqu'après les fêtes. Des fêtes qui sentent le sapin, avec des linceuls en guise d'emballage cadeau. Drôle de réveillon, drôle de cotillon.

Ses cendres, emportées sur un schooner, ont été dispersées au soleil couchant sur les vagues du Pacifique, à Dana Point, au son de sa guitare. Ilitch l'aura accueilli, emmené faire un tour en dauphin.

Lee n'a pas le coeur de laisser sa mère seule. R'oï et elle se sont installés chez Beth. Un des couples philippins, le plus âgé, reste, à mi-temps. Beth ne résiste plus, ne proteste plus. Elle ne fait que penser à Will.

Février 2010

Maman, je pense à toi et ça me fait souffrir. Je ne pense pas à toi et je crois te trahir. Je tente d'échapper à cette pesante alternative en m'immergeant dans ton univers. Et ton univers, c'est d'abord l'espagnol. Ma langue ô combien maternelle. Je surfe sur le Web, quel verbe inadapté, surfer. Ça fait vacances, *beach boy* et insouciance. Non, je ne surfe pas. Je vogue au hasard sur mon radeau à toile, esquif d'infortune. Je me laisse porter, je cherche ce que tu as connu. Enquête. En quête de toi. Que pas un atome de ce que tu as pu respirer, de ce qui a pu te toucher ne m'échappe.

Je promène mon spleen, me sens bien dans mes idées noires. Sur Toi-le-Tuyau, alias YouTube, Celia Gámez chante « *Ya hemos pasao* ». Faisant écho au slogan républicain « *No pasarán* », ils ne passeront pas, les agresseurs franquistes célèbrent leur victoire par cette chanson intitulée « On est passés ! ». Oui, ils étaient passés. Et comment ! Les Français qui vécurent la Seconde Guerre mondiale ont pu la ranger au rayon des souvenirs car la victoire permet aux blessures de cicatriser. Mais les républicains n'ont pas eu cette chance. Aux franquistes il ne suffisait pas d'avoir gagné, encore fallait-il écraser, humilier et pendant des années prendre plaisir à verser le vinaigre de leur morgue sur les plaies à vif. La voix de la fiancée nationale me retourne les tripes comme elle te les retournait à toi. Nausée, si longtemps après…

Pour compenser, j'écoute *En tierra extraña*, en terre étrangère, de Concha Piquer, un *pasodoble* déchirant de nostalgie. La chanson pouvait passer les mailles de la censure parce que la chanteuse avait donné des gages au régime, et que l'exil chanté concerne un groupe d'Espagnols réveillonnant à New York pendant la prohibition. L'apparition d'une bouteille de vin espagnol les fait tous pleurer. Que la censure est bête. Sous une dictature, pour ceux qui résistent, décoder le moindre texte devient spontané. Le succès de la chanson n'avait évidemment rien à voir avec l'Amérique, et il s'agissait de bien d'autres prohibitions. Survivre sous la férule de la bête immonde rend subtil, par la force des choses. C'est ça ou mourir. Ça donne de l'énergie. Née en *tierra extraña*, je ne peux que m'émouvoir. *Hija mía*, aurais-tu dit. Ne pleure pas, *cariño*. Plus personne ne me dira ça.

Cauchemar

Lee m'appelle. Les deux orphelines, en transfusion réciproque. Le décalage horaire lui permet de téléphoner aux aurores sans craindre de me réveiller. Ici, il est midi. Là-bas, donc, trois heures du matin. Beth a fait un cauchemar. Il y avait une fête sur le *deck*, Will était tombé à l'eau, elle essayait de le sauver et n'y arrivait pas, elle avait beau hurler, personne n'entendait, elle tentait de le hisser sur le quai, il était trop lourd. Elle étouffait.

Avant, il aurait suffi de la réveiller, de lui dire : « Ce n'est pas la peine de le sauver ! Regarde ! Il ne court aucun danger, il est là, allongé à ton côté, comme il l'a toujours été. Ce n'est qu'un mauvais rêve, rendors-toi. Tout va bien. »

Mais Lee n'a pas pu dire ça. Elle ne peut plus la rassurer, parce que si ce n'est pas la peine de le sauver, c'est parce qu'il est déjà mort. Beth ne pourra pas se rendormir.

« Tu sais, la différence avec avant, c'est que, maintenant, la réalité est pire que le cauchemar. »

Je sais.

Au détour d'une conversation avec notre amie infirmière, j'ai appris une de ces choses dont on ne parle jamais. Qu'on ne soupçonne même pas. Dans une maison de retraite, on applique des procédures. Fixées, organisées, efficaces, rationnelles. L'une d'entre elles consiste à mettre systématiquement des couches aux résidents, incontinents ou pas, au moment du coucher, afin d'éviter des souillures éventuelles de literie, puis de les changer une fois dans la nuit, afin d'éviter les irritations. Désormais, compression de personnel oblige, cette tâche est accomplie par les gardiens de nuit. Les gardiens de nuit... La révélation me tombe dessus comme une tonne de briques. Vertige, nausée... Le pur délire de maman n'en était pas un. Oui, des gens venaient, la nuit, dans sa chambre. Sans allumer, avec juste la veilleuse. Ce qu'elle vivait comme une raclée, ce dont elle parlait et reparlait, c'était ça, c'était ça... Des hommes, inconnus d'elle, soulevaient la couette, baissaient son pantalon, la manipulaient, puis, forfait accompli, repartaient comme ils étaient venus. Et elle, terrorisée, encore et encore, tentant de nous expliquer, de nous décrire l'intolérable avec ses mots, ses références, et, allez savoir, ses souvenirs.

Les gardiens de nuit sont, la plupart du temps, des Africains. Des hommes doux, gentils, capables avec les vieilles personnes, d'une douceur oubliée dans nos contrées. La plupart du temps ils ont un autre travail de jour, et accomplissent sur ordre une tâche qui n'a rien d'évident. Comme aux aides-soignantes, on ne peut rien leur reprocher. Il ne manquerait plus que ça. En revanche, les crânes d'œuf à la sensibilité épicière qui conçoivent des procédures à la lumière unique de leur impact sur un budget en rétrécissement constant ont rangé leur sensibilité humaine au magasin des accessoires obsolètes.

C'est une génération pudique que celle de ma mère. La moindre bretelle était cachée. Elles se mariaient vierges, ne disaient pas de gros mots, ne fumaient pas en public.

De plus, c'est une génération qui n'a pas eu de familiarité personnelle avec des Noirs, pas de cette proximité qui permet de connaître et de ne plus voir la couleur de peau. Rien à voir avec le racisme, mais avec l'appréhension face à l'inconnu.

Le souffle coupé, j'imagine sa terreur, nuit après nuit, en plein sommeil, face à l'irruption de ces hommes sombres et silencieux qui, à ses yeux, se permettent sur elle des privautés inconcevables dont elle ne comprend rien. Puis qui repartent comme ils sont venus, qui reviendront peut-être et elle n'a aucune idée de la façon dont elle peut les en empêcher, se protéger. Ils reviendront et elle ne peut pas fuir.

Puis, et j'en défaille d'horreur, je revois ses efforts pour nous dire, et notre incompréhension. Je comprends aussi, il ne peut en être autrement, que lui revenait en écho quelque chose d'effroyable, de jamais dit, qui remonte à la guerre, à la fuite, que sais-je, à une épouvante d'autrefois ensevelie sous des tonnes de volonté et remontée à la surface parce que nous n'avons pas su, pas pu, l'entendre.

Combien êtes-vous, sur tout le territoire, de vieilles dames outragées, nuit après nuit, par les effets de l'avarice d'une société avide, vorace, égoïste au point d'oublier les principes les plus élémentaires du respect humain ? Combien êtes-vous, après avoir traversé les temps troublés qui vous ont échu dans la grande tombola, à revivre, à l'heure de tous les repos, celui de la journée et celui de la vie, un tel anéantissement, encore et encore ? Combien êtes-vous à avoir, votre vie durant, porté le monde dans vos ventres, dans vos bras, sur vos épaules et dans vos cœurs, à avoir assumé les tâches les plus humbles, l'entretien du physique et du moral de tous, le poids de tant de mépris, de préjugés et de violences, l'exclusion de tout pouvoir y compris sur vos propres vies, et être ainsi gratifiées, à la fin de l'histoire, par une abjection arithmétique, comptable, mesquine, sans états d'âme et sans visage ?

Nous sommes des barbares arrogants pétris de bonne conscience.

Pardon à vous toutes.

Pardon, maman.

27 mars 2010

Je pense à toi. Beaucoup. J'ai encore au creux de la paume la sensation des petits os de ton dos voûté par l'ostéoporose ou quelque autre diablerie à faire courber l'échine aux plus rebelles. Toi qui te tenais si droite avant. Toi qui étais capable, pour te prémunir de l'humiliation, de regarder de haut n'importe qui parce que c'est une question de tempérament, pas de taille.

Le printemps s'annonce, mon premier printemps sans toi. Je n'ai envie ni de petites fleurs, ni de soleil, ni de rien de tout ça. Qu'est-ce que j'en ai à faire du printemps si tu n'es pas là ?

Empty Chairs

Je me demande si je ne t'en veux pas de nous avoir laissés. En avais-tu le droit ? C'est comme partir du cinéma avant la fin de la séance ou abandonner un livre à mi-lecture. À quoi avons-nous failli pour que tu quittes la pièce au milieu d'un acte ? On t'a déçue, c'est ça ? C'est comme si tu avais retiré la chaise au moment précis où j'allais m'asseoir. Je me sens comme un lapin vivant dont on aurait arraché la peau. J'ai mal et j'ai froid. Je te cherche. J'ai récupéré quelques-uns de tes vêtements, que tu mettais encore récemment. Ils me tiennent chaud, un peu. Pour écrire, je porte un de tes gilets, qui me serre aux entournures, mais si je ne le ferme pas, il fait l'affaire. Ou une de tes chemises d'homme dont tu retroussais les manches sur la moitié de leur longueur. J'aimais beaucoup que tu t'habilles comme ça. J'ai mis à mon cou une de tes chaînes préférées, en or et pierres fines de couleur. J'ai posé sur mon fauteuil de bureau deux coussins que tu avais confectionnés pour la campagne. Tu les avais cousus à la main, avec le perfectionnisme que tu mettais à tout. Je peux en observer chaque point. Ils ont cette précision, cette régularité que tu as perdues insensiblement au fil des années jusqu'à devenir incapable de tenir une aiguille, puis, plus tard, un stylo. Cette constatation t'avait désespérée. Tu tendais tes mains devant toi, tes phalanges déformées par l'arthrite, l'arthrose ou je ne sais quelle cochonnerie, et tu disais : « Regarde-moi ça ! C'est honteux ! Tu te souviens comme j'avais de jolies mains ? J'en étais si fière ! » Oui, je me souvenais. Je m'en souviens encore. Du soin que tu en prenais pour qu'elles ne gardent pas la moindre trace de leurs multiples tâches quotidiennes. J'entends le bruit de la lime qui me faisait grincer les dents, je sens l'odeur d'acétone du vernis que tu posais avec science et que tu entretenais méticuleusement. Et je me souviens que tu n'as jamais mentionné si l'irréversible migration latérale de tes jointures te faisait mal. Jamais tu n'as parlé de ce genre de signes. Nier la douleur, pour ne pas reconnaître qu'on vieillit.

J'ai appris à vivre en comptant sur toi, tu m'as mise sur orbite et je suis restée sur ma lancée comme si rien ne pouvait m'arriver. Rien de grave, puisque tu étais là. Je pense à *Empty Chairs*, la chanson de Don McLean, écrite pour un chagrin d'amour, et donc parfaitement adaptée :

And I wonder if you know,
That I never understood
That although you said you'd go,
Until you did,
I never thought you would....

Moi aussi je savais que tu partirais un jour et que mes yeux ne se poseraient jamais plus sur toi, mais comme dans la chanson, je n'y croyais pas vraiment. Jusqu'à ce que ça arrive. En fait, je n'y crois toujours pas. Comment toi, pourrais-tu nous abandonner ? Sans stage de préparation, sans répétition, sans anesthésie. Mais si, suis-je bête. Bien sûr que tu as préparé le terrain. Six ans. Six ans de douleur, de chutes, de rémissions et de rechutes. Ce calvaire n'avait peut-être pour but que de nous habituer à l'idée, nous la faire accepter, et même, parfois, de nous pousser à souhaiter la fin de l'histoire comme on souhaite, sans doute, une fois les choses devenues irrémédiables, la hache du bourreau ou la salve du peloton, pour en finir, enfin, avec la torture de l'attente.

Tu as fini par nous quitter. Et je m'en veux d'avoir pu parfois penser, même si c'était vrai, que le plus tôt serait le mieux. Épuisée, impuissante, à bout de forces de te voir ainsi tirer sur la corde (« *¿ Hola mamá, como estás hoy ?* » « *Tirando, hija, tirando* »). *Tirando*. Quel mot affreux. Quand la vie n'a plus d'autre but qu'elle-même. Tenir. Rester vivante, et c'est tout. Rien que d'y penser, la douleur monte, les larmes, la rage.

On devient adulte, paraît-il, quand on comprend que ses parents ne sont ni des héros ni des géants, mais des humains émouvants par leur banalité même. Encore une fois le cerveau ne tient pas le même langage que les tripes. Pour elles, tu restais mon rempart. Mon phare. Muraille de Chine, étoile du Berger. Ma navigatrice de bord. Comment as-tu pu ? Il existe en espagnol des expressions adéquates pour décrire ce genre d'apocalypse. *No dar pie con bola*. Shooter à côté du ballon. *Andar como un pato mareado*. Marcher comme un canard nauséeux. Mes gestes ont perdu toute précision.

Des neurones se sont déconnectés. Ils s'occupaient des menues tâches qui en temps normal ne passent pas par la conscience. Ma capacité à mémoriser déraille, où sont mes lunettes, mon café, mes clés, mon écharpe grise.

Un jour je rentre chez moi, les bras chargés. Je mets tellement d'énergie à pousser le lourd battant qu'il me revient dessus. La manche de mon manteau se prend dans la poignée, entraîne mon bras, envoie valser mon bouquet de fleurs, fait tomber lourdement mon sac de mon épaule sur mon avant-bras, ce qui catapulte au sol le dossier que je serrais contre moi. Il fait un vol plané et s'éparpille au sol. Je reste pantoise, stupéfaite, au milieu du désastre éparpillé à mes pieds, le bras accroché à la porte, à me demander comment il est possible qu'après douze ans dans l'immeuble et une pratique quotidienne j'ai pu aussi piteusement mésestimer l'élan suffisant à entrebâiller le portail. Un type me regarde, ébahi, et ne fait pas un geste pour me venir en aide. Il ne rit même pas. Moi, à sa place, je n'aurais pas pu résister. J'ai envie de l'insulter.

Rémi range des papiers, classe des relevés bancaires, jette des factures. Elle prend une petite feuille, avec des chiffres dessus, la déchire et, au moment où elle la jette, elle entraperçoit un nom de boutique. Elle récupère précipitamment les morceaux dans la corbeille et les couvre de baisers. Éclate en sanglots : « Pardon, maman, pardon, je ne voulais pas. » C'est le ticket de caisse de la dernière fois où elle lui a acheté du linge, les culottes et tricots de corps qu'elle aimait bien, fin et doux. Puis elle prend conscience qu'elle est en train d'embrasser un morceau de papier. Se dit qu'elle est dans un drôle d'état. Plie ensemble les restes du ticket et le range avec les documents importants.

Je suis chez moi, pieds nus. Nostalgie tellurique, il paraît. Le sol nous rassure. Même au cinquième étage ? Une de mes amies, très versée dans le New Age, prétend que oui, que c'est un instinct de terrien. Rodrigo murmure : « Tu as les mêmes pieds. »

Pas la peine de lui demander de qui il parle. Je le sais. Je le regarde du coin de l'oeil. Des larmes coulent sur ses joues. Je fais semblant de n'avoir pas remarqué.

Fin de soirée, on a tous dîné ensemble, tout le monde part. Gonzalo reste assis, les yeux dans le vague. Je m'assieds à côté de lui. Il murmure :

— Je pense à ce qu'elle nous racontait quand on était encore vraiment tout petits. Que la réincarnation, parfois, ça fonctionne. Que certaines personnes reviennent et que donc, peut-être, Yaya… Je croyais que c'était pour nous réconforter, nous, c'est ça qui me frappait, c'est de ce sentiment que je me souviens. Je me rends compte que c'est elle qu'elle consolait de cette mort qui nous privait, nous, de grand-mère, mais surtout qui la privait, elle, de mère… Je viens de le comprendre. Ce discours qui lui faisait du bien, elle ne pouvait le tenir que devant nous.

— Elle m'a dit que, quand elle se promenait dans Madrid, elle se disait qu'elle allait peut-être la rencontrer, et la joie que ça serait. Moi aussi je me raconte des histoires, je lui parle.

— Moi pas. Les choses sont claires. Maman est morte, voilà tout. Je n'ai pas besoin d'évoquer les esprits. Il n'y a rien à dire.

— Rationnel un jour, rationnel toujours !

Lui aussi pourtant se détourne pour cacher son émotion aux moments les plus apparemment incongrus. Lui aussi s'attendrit davantage sur les misères humaines. Il n'a rien à dire. Juste un énorme stock de chagrin à écouler.

Un jour, je reçois par téléphone d'excellentes nouvelles, une euphorie soudaine me propulse, dansante et chantante, vers la salle de bains où Yann, attentif et moussu, est occupé à mettre fin à une semaine de barbe de trois jours. Je lui vocalise les infos et j'ajoute :

— Tu te rends compte, je ne pense même plus à ma mère !

À ce moment précis, une poigne de fer me comprime la gorge, un sanglot me bloque la respiration. L'homme au rasoir m'a vue dans le miroir. Il se tourne vers moi en agitant sa lame dans l'eau, me sourit :

— C'est évident, tu n'y penses plus du tout !

Il me surveille, mine de rien. Me demande s'il y a une raison précise pour que j'aie laissé mes lunettes de soleil dans le frigo. S'il est voulu que je porte deux boucles d'oreilles différentes. Me tient à l'œil quand je regarde la télé ou que je parle avec nos amis. Il ne lui a pas échappé qu'au détour d'un mot, d'une image ou d'une note de musique me guettent un autre mot, une autre image, un autre refrain. Et la douleur revient au triple galop, une pression dans la gorge, une asphyxie qui exige un soulagement immédiat. Je lâcherais bien, je me mettrais volontiers à sangloter comme un enfant, mais je sais que je n'y arriverai pas, que les rares fois où ça a fonctionné ça a fini par un mal de tête et les yeux explosés, pas le moindre soulagement. Je ne peux que ravaler les larmes et attendre que ça passe… Je te cherche, je t'appelle. J'ai cinq ans. Où es-tu, maman ? Tu vas bien finir par revenir, un jour ou l'autre. Serais-je moi aussi en train de faire le coup de la réincarnation ?

29 avril 2010

Après avoir beaucoup vogué, j'ai le sentiment de toucher au port. Pas sur Internet. Sur TVE, la chaîne internationale espagnole, je capte un feuilleton d'après-déjeuner, à l'heure de *Derrick*, ce qui signifie en Espagne une diffusion à cinq heures moins le quart. Un bon vieux soap dans toutes les règles de l'art, que je ne supporterais pas une seconde s'il ne reconstituait l'endroit et l'époque où ma mère vécut les années précédant l'exil, me fournit une bulle où je régresse avec délice, dans un état contemplatif salutaire. Ça se passe à Madrid, dans les années 1950. Ça s'appelle *Amar en tiempos revueltos*, aimer par temps de troubles, et je suis, selon la formule consacrée, tombée dessus par hasard, en zappant. C'est la première fois que je vois une émission destinée au grand public délibérément située au coeur de la dictature triomphante, et même si la férocité de la répression y est très nettement édulcorée, elle fait partie intégrante de l'intrigue. Dans cette version aseptisée de la dictature, les héroïnes sont des clones de ma mère sur les photos de l'époque, et les scénaristes ont eu le souci de restituer le vocabulaire de ces années-là, dont je reconnais les expressions familières et surannées pour les avoir entendues toute mon enfance, si bien que j'ai l'illusion d'assister à un reflet de ce qui a pu être sa vie avant la France, avant nous. Les séquences sont ponctuées par des images d'actualité grouillant des dignitaires franquistes et des soutanes qu'elle a dû supporter en vrai, ainsi que d'extraits documentaires des rues madrilènes en noir et blanc. J'y vois son décor quotidien, la *puerta de Alcalá*, la *Gran Vía*, la *plaza de Cibeles*, telles qu'elle aimait les arpenter. La chanson du générique n'a de toute évidence pas été écrite pour les vainqueurs :

Il n'est pas simple d'avancer en oubliant ce qu'on a vécu,
Quand on a tant renoncé et tant perdu
Et que la suite du chemin est de repartir du début
Je chante au vent pour tous ceux qui ont vaincu leur découragement
Je chante à la mer pour tous ceux qui durent tout oublier et tout recommencer...

Recommencer, repartir non pas de rien, mais avec handicap, puisqu'il fallait se mettre soi-même sous clé si on voulait éviter que les tortionnaires s'en chargent, constituait un privilège de survivant. Des centaines de milliers de citoyens n'eurent pas cette chance, furent froidement éliminés pendant les premières années du régime, quand le reste de l'Europe payait comptant la facture de son indifférence. Il m'a fallu atteindre l'âge adulte pour commencer à entrevoir l'épaisseur de la tragédie. Pendant des années j'ai entendu parler de la guerre 1936-1939. Trois ans d'horreur et c'est fini, retour à une vie normale. Mais ça ne se passe pas comme ça du tout. Maman disait : « La guerre n'était rien. C'est après que les choses sérieuses ont commencé. » Il s'agit de vivre vaincu. En permanence. Au jour le jour. Trouver le courage de se lever chaque matin, pour se soumettre à un ordre qui révulse et qu'on doit faire mine d'accepter sous peine d'y laisser sa peau. Laisser pérorer les brutes, faire semblant d'être quelqu'un d'autre, mener une vie d'amputé de soi-même. Et voir les années passer sans qu'une lueur d'espoir apporte le moindre soulagement. Un calvaire qui change de forme, parfois, quand, des années et des années après la fin de la guerre officielle, on en est réduit à assurer sa survie en fuyant, humiliation dernière, vers un pays où on se sentira étranger pour toujours. C'est ton histoire, maman, et celle de millions d'autres. Hier et aujourd'hui. Le feuilleton simpliste où tes contemporains sont mis en scène m'émeut parce que j'y croise ton ombre. Papa m'a surprise devant un épisode qui se passe dans l'infirmerie de la prison où est détenu, en tant que politique bien entendu, le père d'un personnage. Il regarde sans un mot pendant quelques secondes, puis grommelle :

— Qu'est-ce que c'est que cette connerie ? Ça, une infirmerie de prison franquiste ? Avec une applique sur un mur peint et un joli petit lit avec des draps ? À Ocaña, les soignants étaient des détenus condamnés à de longues peines. J'ai eu la chance de ne jamais avoir à fréquenter l'infirmerie, mais dans les douches l'eau était froide et il n'y avait pas de vitres aux fenêtres, à presque huit cents mètres d'altitude. Ça te donne une idée du confort moelleux qui était le nôtre… Des draps ! Ha !

Oui, papa, je me doute. Le feuilleton, c'est juste que ça me fait du bien, comme si j'allais reconnaître maman furtivement saisie par l'objectif au coin d'une rue madrilène.

Mai 2010

C'est l'année des premières fois. Mon premier anniversaire sans toi. Déjà, l'année dernière, je n'avais pas eu mon petit poème, que tu inventais, année après année, que tu griffonnais sur un papier de fortune pour lui enlever de l'importance, tu avais parfois de ces timidités, et qui célébrait ma venue dans ta vie.

Je les ai gardés, en vrac dans une enveloppe, et m'aperçois seulement aujourd'hui que pas un ne porte de date. Je me hasarde à traduire des rimes.

A mi moñonita,

Le jour où tu es née,
Tout le malheur a disparu
J'aurais fait volontiers,
Chaque mois, une petit Gus

Je passe quelques jours au soleil du bord de la Méditerranée, dans cet appartement sur la plage que tu avais aménagé et où je n'avais pas remis les pieds depuis des années. Je n'ai pas eu mon quatrain, mais je retrouve ton écriture partout et mon cœur se serre. Les instructions des appareils. Le répertoire téléphonique. Les recettes dans le tiroir de la cuisine. Tout ici porte ta marque. Même la petite boucle cousue à un angle pour pendre les torchons. Tant d'autres images se sont superposées depuis, que j'en avais oublié comme tu étais organisée, efficace.

Les voisines ne t'ont pas vue depuis quinze ans, se souviennent de toi. Elles me demandent de tes nouvelles. Je leur en donne. Elles font ton panégyrique.

Juin 2010

Fête des mères. Une première, encore. C'est l'année des premières. Je ne savais pas combien cette avalanche de pub, ces injonctions à consommer pour prouver son amour pour sa mère peuvent être pénibles quand on n'a plus la sienne. Le message a quelque chose de totalitaire. Vous avez une mère ? Il faut l'aimer. Pour le lui prouver, il faut lui acheter quelque chose, sinon, comment elle saurait ? Vous n'avez pas d'argent ? C'est que vous ne l'aimez pas. Vous n'avez pas de mère ?

Ah ! si vous partez perdant… Attendez la Toussaint, on verra ce qu'on peut faire pour vous.

La midinette en moi croît et embellit. Le monde se divise désormais entre ceux qui ont encore leur mère et ceux qui ne l'ont plus. Je feuillette un magazine et je range les gens en fonction du critère avoir sa mère ou pas. Caroline de Monaco a perdu la sienne en 1982. Elle connaît cette douleur. Je me souviens d'une déclaration qu'on lui attribua en gros titre il y a des années, à la mort de son mari : « Comment je vais faire maintenant ? » Je m'en souviens parce qu'il me semblait que dans ce milieu les problèmes sont dilués par la fortune : pas de question sur le loyer à payer, ou le crédit à rembourser, ou les études des enfants. Et pour autant elle se demandait comment elle allait survivre. Comment faire maintenant ? La même question m'est venue à l'esprit alors que de manière évidente ma mère ne jouait plus depuis des années aucun rôle dans l'organisation de ma vie. Pourtant, six mois plus tard, chacun de mes gestes quotidiens est affecté par le manque.

Finale

Ce soir c'est la finale de la Coupe du monde de football. Il fait une chaleur madrilène de bon augure, un brin inadaptée sous ces latitudes. Ça pègue tellement que je ne compte plus les douches froides que j'ai prises depuis ce matin. Beni est venue un peu avant le match et s'est lancée dans un gaspacho qu'on mangera à la mi-temps. Elle utilise ta recette, maman. Avec ton secret de fabrication exclusif. Tu vois, tu es là, avec nous.

Je suis à mon bureau, je tape ces lignes en sirotant un petit jerez, du *Tio Pepe* bien sec que Carchopos a rapporté de Madrid la semaine dernière. Dans mon champ de vision, toute ta bande réunie, nous tous. On a mis du jaune et rouge partout, fleurs, casquettes, fanions et maillots. On a allumé la télé et coupé le son, on attend le coup d'envoi pour laisser hurler les vuvuzelas. À ma gauche sur le petit meuble en érable, mes photos préférées de toi, dans ce petit autel à ta dévotion que j'ai improvisé en décembre et à peine allégé depuis.

Sur la plus ancienne, que papa a gardée dans son portefeuille pendant des années, jusqu'à ce que tu la récupères parce que tu t'agaçais d'une forme d'attention que tu trouvais hors de propos, tu dois avoir dix-sept ou dix-huit ans. Nous n'avons aucun document antérieur, aucune trace de ton enfance. Tu portes un petit boléro assorti à ta jupe, un col Claudine et les cheveux sagement retenus sur les tempes. Comme j'aimerais savoir ce qui te trotte dans la tête à ce moment-là, à quoi tu rêves, alors que tu as déjà derrière toi des épreuves terribles que rien dans ton sourire ne laisse soupçonner. Tu portes sur le visage l'insouciance propre à ton âge. À l'arrière-plan, une bouche de métro, sur un large trottoir dallé. Tu marches seule dans ton Madrid adoré, et j'aime à penser que c'est le matin. Tu auras croisé un photographe ambulant à une heure inhabituelle, il t'aura trouvée fraîche, rayonnante, et t'aura proposé de te saisir en mouvement. Comme tu devais être gaie, joyeuse. Comme tu devais être drôle et rebelle. Qu'avais-tu déjà décidé d'oublier…

Puis toi, quelques années plus tard, posant dans un studio façon Harcourt. Malgré le noir et blanc, on devine la clarté d'ambre de ton regard. On devine aussi, dans ton demi-sourire façon Mona Lisa, ta solidité. Tu ne renonceras à aucun de tes rêves. Mais ils resteront des rêves. Un jour tu m'as dit qu'il n'y a qu'en rêvant qu'on peut se sentir libre. Je sais aujourd'hui que tu as rêvé jusqu'à la fin.

Et aussi toi avec papa, allant à un mariage, tous les deux trop élégants et détendus pour qu'on puisse imaginer qu'il vit sous une fausse identité et que tu le sais. Et que, même, tu éprouves une certaine fierté à ne pas courber l'échine, à ne pas suivre le troupeau. À donner le change. Quel qu'en soit le prix.

Toi revenant de visiter papa à la prison d'Ocaña, avec dans les yeux toutes les illusions qui t'aidèrent à tenir pendant cette sombre période qui était, aussi, ta lune de miel. Tu as remué ciel et terre, tu as abattu des montagnes, pour le simple droit d'aller le voir, lui, celui que tu avais choisi. En d'autres termes, tu as réussi à épouser un prisonnier, non baptisé, déserteur et arrêté pour activités subversives. Et tu as toujours l'air d'une collégienne. Chapeau bas.

Et ma favorite, parce qu'elle dément une certitude que j'ai eue toute ma vie, jusqu'au jour où j'ai trouvé cette preuve du contraire. J'ai toujours cru que tu ne m'avais jamais tenue par la main, et je m'en souviens comme d'une cuisante et interminable frustration. J'ai rêvé de ma main dans la tienne comme on rêve de l'impossible. Sur ce cliché, je dois avoir deux ans, je suis adossée à tes jambes, j'ai les bras en l'air. Et mes mains sont dans les tiennes, qui recouvrent presque tout mon avant-bras. Je n'ai pas l'air de trouver ça exceptionnel, je regarde de côté, distraite. Ainsi, il fut un temps où tu me prenais la main, et même les deux mains, comme le font les autres mamans aux autres petites filles. Je ne me lasse pas de nous regarder. Pourquoi alors ce faux souvenir d'avoir toujours eu à tenir debout toute seule et d'avoir détesté ça ? Il faut croire que je n'en ai pas eu assez, pas eu ma juste part de toi, de tes mains, de tes bras, de ton attention. Toujours voulu plus, mais nous étions quatre.

Enfin il y a toi, assise dans l'herbe, tête penchée, regardant l'objectif avec une telle tristesse que je n'ai pas besoin de savoir lequel de nous quatre tu tiens dans tes bras. Ce bébé tranquille, qui ronge distraitement la branche de lunettes noires que tu as dû lui laisser, et qui tient serré un ballon plus gros qu'elle, ne peut être que Rémi. Parce que tes yeux sont ceux de quelqu'un qui vient de perdre sa mère et qui ne s'en remettra pas.

Aujourd'hui 11 juillet, il ne s'est pas passé un seul jour sans que je pense à toi, maman. Ce soir nous sommes tous ensemble, au cœur de Paris, nous regardons Johannesburg, mais il s'agit de l'Espagne. Ce soir, ta famille unie, parlant ta langue, soutient les petits mecs de ton pays, maman. Ce soir, le monde entier regarde cette Espagne que tu as appelée de tes vœux toute ta vie. Une Espagne libre, qui s'amuse, qui joue. Et qui, aujourd'hui, va gagner parce qu'elle doit gagner. Parce qu'il est temps, nous avons assez perdu. Assez payé. Notre temps est arrivé, maman. Tu ne t'es pas battue pour rien. Les *chicos* d'aujourd'hui ne courent pas un fusil à la main, mais un ballon au pied. Ils ont le droit de vivre, de crier, d'aimer et de courir à leur guise. Ils sont libres, maman. Ils sont beaux comme ont toujours été belles tes espérances. Et ils vont gagner, pour toi et pour le vieux Nelson, qui êtes de la même race, la seule qui mérite d'être revendiquée : celle qui tente de laisser le monde plus beau qu'elle ne l'a trouvé en arrivant.

Ce soir, hasard sportif, au-delà des aléas du ballon rond, l'Histoire, la grande, est au rendez-vous. Je me demande combien nous sommes à voir les choses sous cet angle, à part quelques historiens et vous autres, les adultes qui nous ont élevés. Vous nous avez appris à être fiers de l'Espagne, et ça n'avait rien d'une évidence. Il nous fallait résister, encore et toujours, par la seule force des mots. Ce soir, pour le match, je vous ai tous installés. Derrière les vivants assis face à l'écran. Et devant moi, installée au fond du salon. Vous, les disparus. Le jerez aidant, je vous entends d'ici, alors que vous êtes si loin. Ilitch, saupoudré sur les vagues du Pacifique. Tita, qui repose au Pays basque, face à l'Atlantique, avec son cher mari. Pepe et toi, qui tenez compagnie à Yaya sous le marbre de la Almudena gravé de vos trois noms. Les quatre Santacruz réunis, chez moi, pour une grande occasion. La *leyenda negra* de l'Espagne a toujours été votre marotte, je ne me souviens pas d'une seule réunion de famille où le sujet n'ait pas été évoqué.

Difficile pour les non-Espagnols de mesurer les effets de la légende noire, née au XVIe siècle, et qui distille encore son venin. L'Europe du Nord a réussi à associer l'Espagne à l'intolérance, la cruauté, l'obscurantisme et le fanatisme religieux avec une telle force que les Espagnols ont fini par avoir une piètre image d'eux-mêmes. Et cette pilule-là, chez les Santacruz, on n'a jamais pu l'avaler. Elle vous a écœurés votre vie durant. Pepe a écumé toute la documentation existante, Ilitch a vécu en immersion permanente, Tita a toujours eu un proverbe sous le coude, et toi, maman, tu es restée la plus scandalisée. Vous rejouez votre match en quadruple.

— Les Anglo-Saxons ont toujours su se faire de la pub à nos dépens.

— *Envidia cochina, y nada más...*

— Exactement. Ils n'ont jamais supporté que l'Espagne ait bâti un empire sur lequel le soleil ne se couchait pas.

— Ils nous ont imités, avec deux siècles de retard. Bien sûr que l'Espagne n'y était pas allée en dansant le rigodon, ni en lançant des pétales de roses, mais eux n'ont pas fait mieux...

— Tu veux dire qu'ils ont fait pire...

— Y a qu'à voir combien il reste d'Indiens en Amérique du Sud, et combien en Amérique du Nord...

— Ils les ont carrément exterminés ! Faudrait demander aux Sioux et aux Apaches ce qu'ils en pensent...

— *La paja en el ojo ajeno...* La paille et la poutre...

— La controverse de Valladolid n'a pas d'équivalent nordique. Elle a posé la question des Indiens en termes de droits de l'homme en 1550 !

— Mais même avant, il y avait débat ! « *Todas las gentes del mundo son hombres* », tous les gens du monde sont des hommes, ça date de 1511, moins de vingt ans après la découverte…

— Les Anglo-Saxons, ça ne les a pas effleurés avant le XIXe…

— Tu plaisantes ? En plein XXe siècle, les Afrikaners, Hollandais, inventent l'apartheid, et les Australiens, *British* d'origine, nient tout statut citoyen aux Aborigènes jusqu'en… 1967 ! Et c'est nous les méchants !

— *Echa buena fama, y échate a dormir, cria mala fama, y échate a morir…*

— Exactement ! Même la conquête de l'Amérique, ils nous l'ont piquée ! Trop glorieux pour être castillan !

— Quand il s'est agi de baptiser le Nouveau Continent, c'est un Italien arrivé après la bataille qui a tiré les marrons du feu !

— Et Colomb a dû se contenter des restes ! J'ai rien contre la Colombie, mais bon.

— Amérique *latine*, c'est pareil ! Qu'est-ce que le Latium a à voir là-dedans ? C'est l'Amérique ibérique, pas latine ! Ibérique !

— L'Espagne expulse ses Juifs en 1492, tout le monde le sait. La France expulse les siens un siècle plus tôt, en 1394. Qui s'en souvient ?

— Si l'Espagne avait eu une meilleure image, ç'aurait été moins facile de nous laisser tomber pendant la guerre. Pourtant, ça aurait tout changé, les franquistes n'auraient pas eu l'ombre d'une chance… On aurait évité la Seconde Guerre mondiale.

La légende se vérifie encore, tous les jours. La corrida est cruelle, certes, avec son exhibition grotesque des pantomimes d'un guignol en chaussettes roses qui joue sa vie pour la beauté du geste. Qu'on le punisse, qu'on l'encorne, ce sauvage, ce ne sera que justice ! La chasse au renard de l'aristocratie anglaise, elle, est du dernier chic. Diantre, seule la bestiole risque sa peau, on est civilisé, *yes indeed*. C'est que, voyez-vous, les *British* ont la tuerie distinguée, ils massacrent le petit doigt en l'air, entre deux tasses de thé. Quant à la chasse à courre de nos élites hexagonales, comme le champagne et le parfum, elle participe de l'art de vivre, on estourbit avec style, on égorge avec délicatesse, on dépèce avec élégance.

J'ai fini mon jerez. Rémi arrive, la bouteille à la main, me propose un petit *refill*.

— Tu sais à quoi je pense ?

Elle jette un coup d'œil vers les photos.

— Je me doute.

— Pas seulement à elle. À eux tous, à ce qu'ils auraient dit ce soir.

— Ils auraient été tellement contents… L'Espagne en finale, devant le monde entier…

— Euh… Équipe hollandaise, arbitre anglais…

— Oh la vache, je les entends d'ici !

Elle se retourne vers les autres :

— Eh, vous avez vu que l'arbitre est anglais ?

Ça fuse.

— Ouais, on a vu. Je crains le pire ! Un arbitre anglais, c'est fou ce qu'il va être impartial ! Hollandais et Anglais, toujours d'accord contre nous ! C'est du deux contre un ! Toujours la même histoire…

Les vivants aussi remontés que les morts.

— Aux USA, la musique est *latino*, mais la délinquance est *hispanique*.

— Et l'huile d'olive ? Si elle est italienne, les gens la trouvent meilleure, alors les Italiens achètent l'huile espagnole et la revendent avec une nouvelle étiquette ! Ils exportent plus qu'ils ne produisent, et les gastronomes sont contents.

— Et les Japonais, alors ? Quand j'étais petit, dans ma Game Boy, y avait un jeu de foot, les plus forts c'était les Allemands. Et il y avait une équipe de gros nuls, leur terrain était plein de cailloux qui faisaient perdre le ballon, ils étaient à chier, un jour je m'énerve, mais c'est quoi ces connards de Spins ? Papa répond : c'est pas Spin, c'est Spain, ça veut dire Espagne, c'est des Espagnols ! Quoi ? J'ai jeté la cassette !

On pourrait rester sur ce registre toute la soirée, mais ça y est, c'est les hymnes, on met le son à fond, tant pis pour les voisins, ça leur apprendra à faire des travaux intempestifs à longueur d'année. Ce soir, le bruit, c'est nous. Ce soir, c'est la *Reconquista*.

Et ce soir, comme pour nous donner raison, les Pays-Bas jouent bassement, à la déloyale, avec force coups tordus que l'arbitre ne voit pas, ne siffle pas. Tu m'étonnes. On le savait ! Après vingt minutes, une brute batave qui se prend pour un karatéka défonce la cage thoracique d'un Espagnol. L'angliche ne l'expulse même pas. *Shame on rosbif !* La tension monte. On exaspère, on ulcère, on révulse. Beni ne veut pas voir ça, c'est au-dessus de ses forces. Elle se réfugie dans la cuisine, peaufine le gaspacho pour la mi-temps. Mais à la mi-temps personne n'a faim. On chauffe sérieux.

— Y avait pas faute, là ?

— À peine ! Évidemment, y avait faute !

— Ils vont pas se laisser impressionner, quand même !

— T'y connais rien, tais-toi.

— Comment ça « tais-toi », on peut pas commenter ?

— Non, ça m'énerve !

— Ah pardon, faut un diplôme en footballogie pour l'ouvrir !

— Oh ! faudrait voir à se calmer un peu !

— Arrête de te lever, tu n'es pas transparent !

— On peut plus bouger ?

— Tu te lèveras quand la viande de bourrique, on verra à travers !

— *¡ Que te frían un espárrago, cacho tonto !* Va te faire frire une asperge, espèce d'idiot !

— Il a mis un carton rouge ?

— Mais non, autrement il serait expulsé !

— Ben qu'on l'expulse ce *cabrón* !

— Y a penalty ?

— Nooon, coup franc, merde !

— C'est quoi la différence ?

— Tu vois pas le mur ?

— T'énerve pas !

— Ooooh, mais c'est pas vrai, la prochaine fois je le regarde tout seul, le match !

Saturation. Toutes les filles finissent sur le balcon. Trop de pression pour nous, on n'en peut plus. C'est vrai qu'on n'y connaît rien, seul le résultat nous intéresse. On prend l'air, en attendant la fin de la torture et la baisse du taux de testostérone.

C'est presque fini, et toujours pas de but.

Prolongations. Il faut faire quelque chose, n'importe quoi, avant qu'on collapse tous. Distribution de gaspacho. Un calme temporaire accompagne l'ingestion du divin breuvage. Superficiel, le calme. La tempête couve. On va tous y rester ! Faut pas qu'on arrive aux tirs au but ! Pas pour la finale, ça serait trop moche ! Papa intervient : *¡ Dadle una torrija al pulpo !* D'habitude c'est au cheval que papa promet du pain perdu, mais là, il s'adapte à Paul le poulpe qui a prédit la victoire. Rien n'y fait.

Je convoque mes puissances telluriques personnelles, au point où on en est... Maman ! Harmonia ! Pepe ! Ilitch !

Ils m'ont entendue, ou alors c'est le poulpe qui apprécie la *torrija*. *¡ Goooool !* À la fin de la cent seizième minute, l'Espagne marque enfin. On a eu chaud. Comme si un pain de dynamite avait explosé sous le canapé, on saute tous en l'air, on se tombe dessus, tous les poumons se vident en même temps, enfoncées, les vuvuzelas ! Seul un de mes neveux, méfiant, surveille encore l'écran : il reste encore trois minutes, ça serait atroce que… Mais nooon ! Nous avons bel et bien gagné ! *¡ España entera se va de borrachera !* L'Espagne entière va aller se saouler. On débouche le champagne. *¡ Viva !* Maman, je trinque à ta victoire. Tout le monde pense à toi, mais personne ne le dit. Je vais poser un baiser sur la photo où tu ressembles à une actrice d'Hollywood.

Les nouveaux champions du monde de football conjureront-ils la malédiction ? Si seulement ! Peut-être vont-ils retourner le cours de l'Histoire. Et enfin, on nous aimera. Et on s'aimera nous-mêmes. Aujourd'hui, 12 juillet, ils rentrent au pays célébrer la victoire en héros. Je reste scotchée devant TVE. Je regarde pour toi, maman. Les caméras survolent Madrid, ton cher Madrid. Tu es née en Andalousie, mais tu t'es toujours définie comme *madrileña del alma*. Les rues sont envahies par ce que les commentateurs appellent la *marea roja*. La marée rouge. C'est ça le plus beau, maman. Aujourd'hui, enfin, Madrid est rouge, rouge, rouge. L'équipe victorieuse s'appelle *LA ROJA*. La Rouge ! Quand tu avais l'âge des héros d'aujourd'hui, le simple mot *rojo* avait été banni du vocabulaire par la barbarie franquiste. On effaçait jusqu'au nom des vaincus, qu'il convenait non seulement de massacrer mais aussi de jeter avec les cadavres dans les fosses communes de l'oubli. Mais nous, nous n'oublions pas.

Nous sommes toujours là, maman. *Rojo, roja*. Ton mot favori. Ton emblème. Ton drapeau. Ta fierté et ton honneur. Tes vivants et tes disparus. Le rouge coule aujourd'hui dans les artères de ta capitale en liesse comme un sang de renouveau. De paix. D'harmonie. Savoure ton rêve, notre rêve. Tu avais raison, tu vois. Tu as gagné. La *Roja*, c'est eux, la *Roja*, c'est nous, la *Roja* c'est toi. Tu es avec nous. Maman.

Mise en pages PCA
44400 Rezé

Achevé d'imprimer en mars 2012
sur les presses de GGP Media GmbH
à Pößneck (Allemagne)

POCKET - 12, avenue d'Italie - 75627 Paris Cedex 13

Dépôt légal : avril 2012

S21998/01